安達征一郎『小さな島の小さな物語』の世界

《喜界島の文学と風土》

松下博文［編］
Matsushita Hirofumi

弦書房

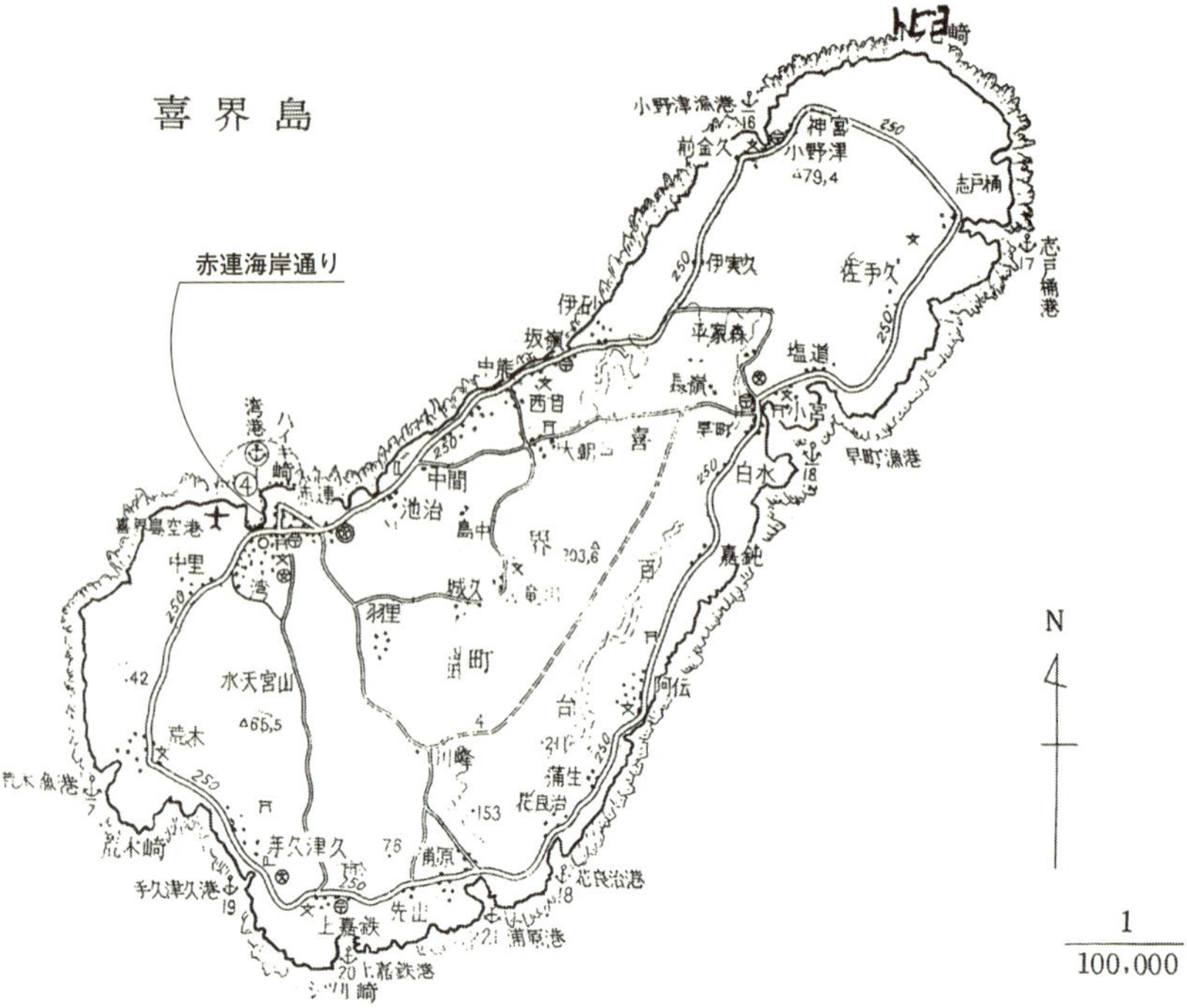
喜界島
赤連海岸通り
小野津漁港
前金久
神宮
小野津
志戸桶
志戸桶港
伊実久
佐手久
平家森
塩道
坂嶺
中熊
西目
長嶺
小宮
早町
早町漁港
白水
湾港
赤連
中間
池治
島中
喜界島空港
中里
湾
城久
羽里
喜界町
水天宮山
荒木
荒木漁港
荒木崎
手久津久
手久津久港
上嘉鉄
上嘉鉄港
先山
川嶺
蒲生
花良治
花良治港
蒲原
蒲原港
阿伝
嘉鈍
N
1
100,000

〔本扉装画〕末次彩夏

目次

Ⅰ　『小さな島の小さな物語』をよむ

Ⅱ　安達文学の原風景

〔カバー装画〕梅野馨菜

栈橋、見送り風景

「吹溜り」の思想――『小さな島の小さな物語』入門

松下博文

玄界灘沿岸の寄物を調査してきた石井忠氏の『新編 漂流物事典』(一九九五年五月・海島社)には、沿岸にしばしばオヒルギやニッパヤシ等の南洋植物が打ち上げられ、フィリピンの島嶼を巡った際にもココヤシ、ニッパヤシ、ホウガンヒルギ、マンゴー等、ほとんど玄海の海浜に漂着するものと同一のものを目にしたことが報告されている。

日本列島は、北においては千島、カラフト、沿海州を経由して北方ユーラシアに接続し、西に向かっては朝鮮半島を媒介として旧満洲から蒙古、カザフスタン、南ロシアに接し、西南においては、朝鮮半島南部を介して中国中南部からインドシナを経てインドに連接する。

さらに九州の南端からは、飛び石状に点綴する小さな島々の連続と、それと平行して北上する幅百数十キロ、深さ八百メートル、平均時速七キロという世界有数の速度を誇る黒潮の流れによって、台湾およびフィリピン、あるいは南洋やオセアニアに接続する。

しかしこうした地理学上の特性ゆえ、北と南と西の三方向からの文化伝播がひとまず日本列島の西側で堰き止められ、東の太平洋に抜けることなく吹き溜まる。作品の舞台になっている喜界島はどうだろう。

喜界島を数理的に見てみると地球座標では北緯二八度一九分一秒、東経一二九度五六分二二秒、鹿児島本土から南へ三八〇キロ、奄美大島の東に位置し、南北一二・五キロ、東西五・五キロ、面積五六・九三平方キロ、海岸線長四八・六キロ、最高標高二一四メートル、東シナ海と太平洋に挟まれた楕円形の島で、地質学上は全島ほとんどがサンゴを起源とする石灰岩から成る。

こうしたデータをもとにしながら、手元の地図であらためて島を俯瞰してみれば、東西を太平洋と東シナ海に挟まれ、また侵食されやすい地層だけあって、島には大小の漁港が十ヶ所近くあることに気づく。東海岸側の「志戸桶《しとおけ》」「早町《そうまち》」「花良治《けらじ》」「浦原」「上嘉鉄《かみかてつ》」「手久津久《てくづく》」「荒木」、西海岸側の「小野津《おのつ》」「坂嶺」「湾」、波線で示したようにこれらの漁港は近世喜界島の五つの「間切《まぎり》」（行政区間）の要衝であった。

①　志戸桶間切……志戸桶・佐手久・小野津・伊実久
②　東間切…………早町・白水・嘉鈍・阿伝・塩道・長嶺
③　荒木間切………荒木・手久津久・上嘉鉄・浦原・花良治
④　西目間切………西目・大朝戸・坂嶺・中熊・先内・中間・伊砂・島中・滝川
⑤　湾間切…………湾・赤連・中里・羽里・山田・城久・川嶺

間切にはヒト・モノに関するさまざまな伝説や記録が残されている。たとえば、かの有名な僧俊寛の話であり、平家の落人や為朝伝説であり、はたまた外国船漂着の記録である。間切ごとに列記してみよう。

志戸桶（平家上陸の地）

・一二〇二年、壇ノ浦の戦いに敗れた平資盛以下平家の残党二百余名が沖名泊に漂着し、源氏の追っ手に備えて七城が築城された。
・一六四六年、琉球王の使者が嵐のために遭難し、そのまま土地に居ついた。
・一八四三年五月、イギリス人と思われる二十九人の異国人が沖名泊に上陸した。

早町（平家落人の地）

・一二〇二年、壇ノ浦の戦いに敗れた平資盛以下平家の残党二百余名が沖名泊に漂着し、源氏の追っ手を見張るための平家森が造られた。
・一八七二年七月、琉球王の使者として維新慶賀使一行が東京へ出発し、翌年二月に帰島したが、帰島の途中、嵐に遭い喜界島へ漂着、一ヶ月逗留した。

小野津（為朝伝説の地）

・一一五六年、保元の乱に破れ伊豆大島を経て琉球に渡ろうとしていた源為朝が時化に遭い、喜界島沖を漂流中、島の住人を確認するために放った雁股の矢が刺さって出水が沸いた。

荒木（琉球王上陸の地）

・一四六六年、二千名を率いて琉球王尚徳が上陸した。

・一八四一年、蘇州船一艘が中里村と荒木村の境に漂着し、琉球に送り届けた。
・一八五四年八月、沖縄久高島の船頭が、くり船五艘を組んで那覇から薩摩藩へ向けて出発し遭難、十月十一日、荒木に漂着した。

湾（俊寛僧都遠島の地）
・一一七七年、僧俊寛、平清盛討伐謀議により喜界島に流罪、中里の坊主前の墓がある。
・一八四四～四八年、異国船が赤連の一里鼻に来航した。
・一八六二年、薩摩藩士村田新八が島津久光の命により喜界島に流罪、湾で生活した。
・一八七六年、イギリス船がリーフで座礁し、中里村の人達が救助した。

全島源平伝説に彩られるが、総じて東側（志戸桶・早町）は平家伝説、西側（湾）は外国船漂着記録、双方交わる西南側（荒木）は沖縄に近い分、琉球の記録が目につく。ただ細部を注意深く見てみると西の湾間切にはヤマト、薩摩、西洋の伝説や記録が存在し、北（ヤマトと薩摩）と南（琉球）と西（西洋）の三方向からの情報がひとまず喜界島の西側で堰き止められ、東の太平洋に抜けることなく吹き溜っているように思われる。

こうしたテクストのなかに『小さな島の小さな物語』全十話を置いた場合、北とのつながりは、嫁ぎ先との折り合いが悪く鹿児島から結核療養と称して態よく島に追いやられ、二十七歳でその生涯を閉じた「春になれば……」の八重子さんに、また南とのつながりは、マーラン船所有の叔父を持ち琉球王朝以来の海運業者の家系の出身で若い国語教師にラブレターを出したことを咎められ島に来た「かなちゃん」の神谷加那子に、さらに西洋とのつながりは、もと外国航路の乗船員だった「双眼鏡」の磯さんや、スペイン語の手紙が入った漂流ビンを拾ったことで人生を棒に振ってしまった「待ちぼうけの人生」の山城太一さんに、それぞれ充当することができる。要するにこの物語は、北と南と西の「寄物」が集まって作られた漂流譚であるといってよい。十話に登場する人々を紹介しよう。

「赤連海岸通り」

・神谷スーター……マーラン船「天竜丸」の所有者。琉球王朝時代から代々海運業を営んでいる。神谷加那子（「かなちゃん」の主人公）の叔父。

・ふじや旅館……フジナミさん夫婦が営む。夫は島の東海岸出身（後出）。おかみさんは名瀬の人でアセーと呼ばれ当時五十歳位。夫婦には嫁いで満州に行った娘（「春になれば…」の八重子さん）がおり、昭和十四、十五年頃病気のため帰郷し、旅館の離れで療養していたが、一年後に死亡。

・大山政治君・西平泡盛店の西平君……幼なじみ。彼らの家で「家の光」や「少年倶楽部」をよむ。

・てんぷら婆さん……六十歳ぐらい。徳田球一の母。

・奥田ばあさん……「奥田旅館」のおかみさん。七十歳ぐらい。和歌山県人か。慈悲深く、狂気のM女（「ミツコの真珠」のミツコ）の面倒を見る。主人は有名な建築業者。旅館は木賃宿クラスで行商人が泊る。
・朝鮮人の飴売りの青年……ポータブル蓄音器を所有。好きな曲は東海林太郎「国境の町」「野崎参り」「アリラン峠」。朝鮮人として迫害を受ける。「三人の娘」に再登場。

「双眼鏡」
・磯さん……もと外国航路の乗船員。出身は宮崎県とも長崎県とも。五年前から喜界島に住みつく（後出）。

「ミツコの真珠」
・ミツコ……北大東島出身か。名瀬の小料理店で酌婦をしていたらしい。喜界島の紬商人に身請けされて喜界島へ。本妻にいじめられ気が狂い、奥田ばあさんに拾われる。物思いに耽ったり流れ星を数えたりするロマンチックな少女。
・磯さん……島の子どもたちにいじめられ溺れかけているミツコを助ける。
・古谷登さん……古谷製材所の主人で「昇龍丸」の船主。真珠の海を見たいというミツコの夢を叶えるため夜の海に「昇龍丸」を漕ぎ出す。

「かなちゃん」
・神谷加那子……琉球王朝以来の海運業の家系。マーラン船所有の神谷スーターは叔父さん。沖縄の県立女学校の生徒で若い国語の教師にラブレターを出したのが問題になり、〈静養〉のため喜界島へ。のちにひめゆり学徒として沖縄戦で自死。

・神田哲也……神戸高等商船学校の学生で帆船好き。クロールが得意でカナちゃんの片思いの相手。輸送船に乗船中、フィリピン沖で米機の猛爆を受けて戦死。

「待ちぼうけの人生」

・山城太一さん……五十歳近い。精神的に少年の部分を多く持っている純粋な人間。十八歳のとき漂流瓶を拾い、中に入っていた手紙の内容と少女の写真に取りつかれ、それ以来、ビン探しに没頭し結婚もせずに暮らしている。

・磯さん……太一さんを〈大人になりきれない少年〉と呼ぶ。〈漂流びんの手紙は、太一さんの幸福の始まりだ〉という。

・ふじや旅館のフジナミさん……〈太一の不幸の始まりは、漂流びんを拾ったことだ〉という。

・恵さん……鶴のような痩せた老人。マニラ麻の栽培で十年近くフィリピンで生活する。漂流ビンのスペイン語を翻訳。

・タケ子……太一さんと結婚するのではないかと噂がたった女性。

「春になれば」

・盛行男……渡り鳥釣りをするカツミの同級生。

・八重子さん……「ふじや旅館」のおかみさんの子ども。鹿児島の県立女学校卒。夫は東京帝大出身の技術者で夫の家は家風のきびしい薩摩の旧家。結核のため鹿児島に六歳の娘綾子を残し喜界島の母のもとへ。療養の甲斐なく島で死亡。享年二十七歳。

「三人の娘」

・肥後さとさん……千鶴、葉子、波江の母親。夫の周平はすでに他界。日雇い、農作業の手伝い、行商と身を粉にして働き、三人の子どもを育て上げた。

・肥後周平……大島紬工場の経営者。工場が倒産し、心労から病死。当時、千鶴八歳、葉子六歳、波江四歳。

・肥後家の三姉妹……千鶴、葉子、波江。大島紬の織子として、目がよく、手先が器用で、根気強く、器量がよく、気立てがよい。健康で、働き者。

・ふじや旅館……出張の役人が泊る一等旅館。

・奥田旅館……行商人が泊る三等旅館。

・奥田ばあさん……〈夫妻は和歌山県人らしいが、ご主人は有名な建築業者で公共建築物を建てるために招かれて喜界島へきたが、喜界島の自然と人情が気にいってそのまま住みついた人だという。ご主人はとうになくなっていたが、奥田さんは大変な能弁家で、年齢は六十歳代だったと思われるが、みんなから奥田ばあさんと呼ばれてまだまだカクシャクしていた。奥田ばあさんの美徳とでもいうべきものは、大変慈悲心が厚く、頼ってきたものの面倒みのいいことだった。宿泊客の中には、宿賃のはらえない者や病気で寝こんだりする者もいたが、宿代なしで置いていたように記憶している。〉

・李という朝鮮人の飴売り……二十七歳か二十八歳。京城帝大卒。柔和な物静かな青年でポータブル蓄音機を持っている。好きな曲は古賀政男作曲「酒は涙か溜息か」「影を慕いて」。歌手では藤山一郎と東海林太郎。肥後千鶴さんと結婚し、その後、大阪でキャバレー経営者として成功。
・肥後千鶴……昭和十二年六月頃、李さんと出奔。
・山岸恭平……絵描き。夏休みの間、東京から来島。奥田旅館に逗留して絵を描く。その後、中堅の画家として売り出す。
・肥後葉子……昭和十四年頃、山岸さんと出奔。
・金丸さん……二、三年不定期に奥田旅館に泊まって「喜界島の魚介類」を調査している某大学の助手。後に海洋学者で大学教授となる。
・肥後波江……金丸さんと出奔。
「泡盛ボックヮ」
・里年男……ガキ大将。五歳年長。里商店の息子。ハブに咬まれ中山勇作に助けられる。
・中山勇作……祖父に泡盛一本で糸満漁師上原親方に売られ、学校へも通わず、島の少年から〈泡盛ボックヮ〉と呼ばれバカにされている少年。後に祖父殺しの噂が立つ。
・神谷親方のおかみさん……マーラン船「天竜丸」の所有者神谷スータ一の妻。
・その他、古谷昇さん、ふじや旅館フジナミさん、磯さん等が登場。

「喜界島のさくら」
・仲間里沙……父は陸軍軍医、退官して台北市で開業している。台湾の女学校卒。喜界島で生活して三年。遭難した安田さんを介抱し救命。二胡奏者。〈白百合の君〉と呼ばれる。山岡先生と従姉妹。
・田代彦太郎……里沙の結婚相手。東京の大学を出て軍医として大陸に赴任、戦死。
・山岡広子先生……湾小学校の先生。仲間里沙さんと従姉妹。
・安田三郎……二十歳。サンゴ船第二土佐丸の乗船員。時化で遭難し、里沙さんの介抱で一命を取り留める。
・鼎さん……釣具店経営。
・折田さん、竹ノ内さん、西平さん……俳句仲間。
・その他、山城太一さん、古谷昇さん、ふじや旅館フジナミさん、磯さん、奥田ばあさん等登場。

「ハジィチ哀しや」
・あや……〈ぼく〉の曾祖母。父の祖母。若くして夫と死別し、四人の子どもを育て上げた。九十歳で没。気性が激しい。
・父（徳太郎）……菊治伯父さんの口利きで松子奥様の実家の材木商の事務員として働く。
・勝三郎伯父さん……あやの三男。名瀬であやと同居。郵便局長。

・藤千代伯母さん……勝三郎の嫁。
・菊治伯父さん……あやの四男。東京帝大卒。高等文官試験に合格し、大蔵省に勤務。六十歳近い。
・松子奥様……菊治の妻。江戸旗本の家系で気位が高い。実家は東京深川で大きな材木商を経営。あやから送られてくる島の産物に違和感を覚える。
・菊治の三人の娘……上二人に縁談が持ち上がる。

奥田ばあさん、磯さん、朝鮮人の李青年、ミツコ、かなちゃん、神田哲也、八重子さん——魅力的な五十名近くの赤連海岸通りの人々が登場するが、そのほとんどは島外人であり、旅芸人や曲馬団や手品師や薬売りのように故郷を離れ異郷を彷徨い、喜界島に流れ着いた放浪者であった。そして時代もまさにこうした「漂流」の方向へ進んでいた。

昭和五年十一月、浜口雄幸首相は東京駅で右翼の暴漢に狙撃され腹部に重傷を負った。現職首相がテロの手にかかったのは大正十年十一月に同じ東京駅で政友会総裁原敬が十八歳の青年に刺殺されて以来の出来事だった。この襲撃事件を皮切りに翌年三月には宇垣一成内閣樹立を企んだ橋本欣五郎および大川周明ら陸軍急進派将校によるクーデターが決行され、さらに、同年九月には関東軍参謀の謀略による南満洲鉄道線路爆破事件に端を発した満洲事変が勃発した。以後、昭和十五年までの約十年間は日本の近現代史を通じて明治維新と敗戦を除けばかつて経験したことのない波乱の時代となった。

たとえばこの間の主な事件を羅列すれば、昭和七年五月十五日の海軍青年将校による犬養毅首相射殺事件、皇道派青年将校約一五〇〇名による同十一年二月の二・二六事件、あるいは日中戦争の開始、国家総動員法公布、国民徴用令公布、第二次世界大戦開戦等、激動の昭和を象徴するかのような多くの事件・クーデター・法令が立て続けに発生している。時代は雪崩を打って非常時へと急旋回していた。

昭和七年、コロンビアレコードから朝鮮民謡「アリランの唄」が発売された。編曲は古賀政男、作詞は詩人の佐藤惣之助。唄は淡谷のり子と長谷川一郎。長谷川の本名は蔡奎燁、レコードを日本語で吹き込む際に朝鮮名ではなくこの日本名を使用していた。曲は、〈アリランアリラン　アラリヨ　アリラン峠を　越えてゆく〉が反復され〈涙こぼれて花咲け　君と別れゆく空／胸の悩みつきせず　星のかずは知れずよ〉のような哀調を帯びた別離の歌である。

そしてそのB面には「放浪の唄」（作詩佐藤惣之助、作曲古賀政男、唄長谷川一郎）が吹き込まれていた。〈船は港に日は西に／いつも日暮れにゃ帰るのに／枯れた我が身は野に山に／何が恋しうて寝るのやら／捨てた故郷は惜しまねど／風にさらされ雨にぬれ／泣けどかえらぬ青春の／熱い涙を何としよう／路もあるけば南北／いつも太陽はあるけれど／春は束の間秋がくる／若い命の悲しさよ〉――家郷を捨て、異郷をさすらう故郷喪失者の悲哀が俚言とともに歌われるが、さらに巷には〈酒は涙か溜息か／心のうさの捨てどころ／遠いえにしのかの人に／夜毎の夢の切なさよ／酒は涙か溜息か／かなしい恋の捨てどころ／忘れた筈のかの人に／のこる心をなんとしょう〉（「酒は涙か溜息か」作詞高橋掬太郎、作曲古賀政男、唄藤山一郎、昭和六年）、〈旅のつばくら淋しかないか／おれもさみしいサーカスぐらし／とんぼがえりで今年もくれて／知らぬ他国の花を見た〉（「サーカスの唄」作詞西条八十、作曲古賀政男、唄松平晃、昭和八年）、〈故郷離れてはるばる千里／なんで想いがとどこうぞ／遠きあの空つくづくながめ／おとこ泣きする宵もある〉（「国境の町」作詞大木惇夫、作曲安部武雄、唄東海林太郎、昭和九年）等の異国を彷徨う離郷の寂しさやその日暮らしの放浪のせつなさが酒や涙や溜息に混じって歌われていた。

戦時下のラジオは連日勇ましい軍歌を放送していた。しかし大衆は勇壮な軍歌よりも哀愁溢れるこうした歌に時代の雰囲気を感じ取っていた。先に「赤連海岸通り」「三人の娘」で紹介したように民族差別を受けていた朝鮮人の飴売りもポータブル蓄音機で「酒は涙か溜息か」「影を慕いて」「国境の町」「野崎参り」「アリランの唄」を聴いていた。かれらはそして、それぞれの人生の悲哀と事情をかかえて喜界島に漂着していた。

およそかれらは、陸を歩き海を渡り波のまにまに漂いながら、民族や国家や国境を無化して回遊魚のように自由にさすらう人々である。言葉をかえれば、定住者的共同体から外れた「異人」そのものであった。かれらは国家原理を必要としない。国家の成立原理とは異なった社会の成立原理を保有し、そうした共同体をもとめてかれらは放浪する。喜界島はかれらによってツリー状の国家的ヒエラルキーに囚われない自由なフィールドとなる。だからこそかれらは国家そのものを「異化」するかのように独自の生きる原理を求めて、躓きながらもこの小さな島宇宙を巧みに回遊してゆく。

知られるように、喜界島は古代では律令制度のもと大宰府と密接につながっていた。そして『日本紀略』や『小右記』、あるいは九世紀から十五世紀にわたる城久遺跡群からもわかるように、南西諸島の中でもきわめて独自性の強い文化を持っていた。なぜ喜界島が独自の文化を持ち得たのか。さまざまなヒトやモノが吹き溜ったからだ。陽溜り、水溜り、風溜りと同様、不思議にも自然の摂理は、特定の場所にのみ陽や水や風や藻屑を滞らせ、そしていつのまにか何事もなかったかのように元の形に復原する。島には律令制度や琉球国やイギリス船や蘇州船や平家や俊寛や、あるいは奥田ばあさんや李青年やミツコやかなちゃんや八重子さんが吹き溜った。そしてこれらのヒトやモノが喜界島独自の文化を築き上げた。

七月から十月にかけ週をあけず襲来する暴風雨の猛威に南島人は常に自然のすさまじさをつきつけられてきた。琉球経由でペリーが四隻の艦船を率いて江戸をめざしたのは嘉永六年（一八五三）七月のこと、ポルトガル人がジャンク船で種子島に漂着するのは天文十二年（一五四三）八月のことである。すべては台風シーズンの真っただ中のことであった。颶風は、およそ、柳田國男のいう「アユの風」ということになろうか。南島には風が吹くたびにしばしばさまざまなものが「あえて（落ちて）」ゆく。そしてそこに冬の北風にあおられる波の花のようにヒトやモノにまつわるさまざまな物語が誕生する。

I 『小さな島の小さな物語』をよむ

少年の日の思い出――「赤連海岸通り」

中野希未菜

あらすじ

〈僕〉の家は喜界島の玄関口である赤連の海岸通りにあった。家の前にはフジナミさん夫婦が営む「ふじや旅館」と奥田ばあさんが営む「奥田旅館」があった。「奥田旅館」には富山の薬売り、手品師、浪曲家、インチキ行商人が出入りしヤマト文化が入ってくる。そこに朝鮮人の飴売りの青年が泊っていた。ある晩、青年は棍棒で庭のリュウゼツランをめったうちにしていた。母国が日本の植民地になっていることへの怒りであった。青年は〈アイゴ！　アイゴ！〉と涙を流して〈僕〉に訴える。

＊

この物語を自伝と呼ぶべきか、エッセイと呼ぶべきか、ジャンル分けするのは難しい。原稿用紙十枚にも満たない短文にまとめられたこの作品は、『小さな島の小さな物語』という十編が集められた作品集の扉のような存在であり、冒頭に置かれたこの作品はこれから綴られる物語の空気を伝える役割を担っている。しかしながら、みずからの少年時代を事務的に伝えるために取り付けた扉ではない。

赤連海岸通りに建立された安達征一郎文学碑には作者自身の思いが〈僕は赤連海岸通りで／多感な少年時代を／過ごした／この無限の拡がりと／深みを持った小宇宙で／僕の作家の〈魂〉は／生まれた〉と書かれている。幼少期の記憶の優れている者に優秀な作家が多いとはよく言われるが、シュタイナー心理学では七歳から十四歳の間は感情が成熟し、この時期の子供はたとえば古代ギリシアやアメリカ開拓者の生活はどんなだったかというような〈イメージ〉が与えられるととても熱中するという。したがって教室でも芸術的かつ想像的な手法で教えれば、子供にとって訴えかける力も大きく、学びやすく、記憶しやすくなるという（ラヒマ・ボールドウィン著・合原弘子訳『赤ちゃんからのシュタイナー教育　親だからできる子どもの魂の、夢見るような深みから』平成26年2月・学陽書房）。まさに作者が喜界島で過ごした時期こそ、人格の創造的な部分が形成された時期であった。確かに、安達征一郎という作家の〈魂〉（南方ふうに〈マブイ〉と読もうか）はまさに喜界島で生まれ、赤連海岸通りでその産声をあげた。

＊

時代は太平洋戦争前のこと。恐慌のあおりが日本を蝕み、〈僕〉の父が失職し喜界島に移住するところから、物語は始められる。

〈赤連と湾のムラから延びてきた一筋道は、サンゴ礁をつらぬいて、コンクリートの桟橋と連なっている。桟橋の先端は、干き潮時でも、水深が二、三メートルあり、発動船や漁船が数隻碇泊できるスペースがあった。神谷米スーター（スーターとは、旦那という沖縄方言ではなかろうか）所有のマーラン船（沖縄帆船）がよく泊まったし、また、四国船籍のサンゴ採集船もしばしば入港した。潮くさい網にひっかかった屑サンゴを貰って大事にしたものである。夏の月の夜に、この桟橋から夜釣りをしたが、毒のとげを持った小魚によく刺された記憶がある。しかし、海面には夜光虫がただよい、青光りするモンゴウイカの乱舞がこの世の物とも思えないくらい美しかった〉。

戦前を語るには鮮明すぎる印象を与える描写で、〈僕〉の家の周辺から周りの人物を中心にさまざまな情報が手際よく紹介される。島内のさまざまな場所に好奇心をもち気楽に出入りしている少年の目から当時の風景が描写されていると言ってよい。

物語の進行は、「赤連海岸通りへようこそ」とでも言われているような、まっすぐにムラへのびる一筋道の描写から始められる。「喜界が住みやすいですよ」とすすめる人があって奄美大島から喜界島へと移住してきたようだが、〝喜界島〟という聞いたことも、行ったこともない見知らぬ島に少なからず興味を持たせてくれる始まりだ。

少年は、喜界島を覗きはじめた読者に港の様子を示し、辺境の島というイメージよりも、マーラン船やサンゴ採集船など琉球文化とヤマト文化が交錯するにぎやかで、活気のあふれる場所というイメージを提供する。それに加えて、夜釣りの夜光虫やモンゴウイカが輝く幻想的な海の光景を語る。夜光虫は微生物であるから、波に青白く光るその光景は、海自体が輝いているかのような光景であろう。島には活気があり、美しく幻想的な海があり、そしてそこに住む人々もまた個性的で魅力的な人物が多い。

少年はまず、家の前の〈ふじや旅館〉とその経営者のフジナミさん夫婦を紹介する。フジナミさんがインテリの好々爺であることを、「朝日新聞」を定期購読しているという具体的な事実をひとつあげて紹介してくれる。〈なんで、なんで、もっと、もっと、もっと、教えて〉―と好奇心旺盛な年ごろの少年には頼りになりそうな人物である。奄美大島や喜界島で現在一般に購読されている地方新聞は戦後の発行であるから、昭和二十一年からの刊行であるから、昭和十年代当時としては非常に先進的な情報の取り込み方であっただろう。フジナミさんはまるでヤマトからの情報の伝道者だ。

ついで、少年の話は読書体験へと移行する。織田作之助の〈なにかまぶしいくらい都会のにおいのする、不倫小説〉が少年にとってのはじめての現代小説であった。少年は続いて〈大山政治君〉や〈西平君〉の家で読んだ「家の光」や「少年倶楽部」の話をする。この二人の友人は、成人してもなお交流のある人物で、少年にとっての読書は何かの知識を吸収したり、暇をつぶしたりするための行為であるというよりは、友人とのコミュニケーションを図るひとつの糸口であったような印象も残る。

少年が当時読んでいた昭和十年代の「家の光」（現在も刊行されている農業雑誌である）は、冒険小説が多く、少年の心を掴む多くの小説が掲載されていた。しかし、この時期の少年少女向け雑誌には、ヒットラーの幼少期の話など、戦時色が濃く、のんびりとした時間の流れる喜界島にも思想統制の匂いが立ち込めてきていた。

＊

「ふじや旅館」の紹介から離れると、話は南の島の風景の中にもどされる。「ふじや旅館」の隣には沖縄風の揚げ物を売っている〈てんぷら婆さん〉（少年の目には麻雀好きな謎の多い人物として映し出される）がいて、戦後伝え聞いたところによると〈戦後共産主義運動の闘士徳田球一〉の母親であったという。徳田は、戦前の非合法政党時代から戦後初期に至るまで日本共産党の代表的活動家で、戦後初代の書記長を務めた人物。徳田の母親のこの〈てんぷら婆さん〉は、戦時下の緊迫した空気のなかで、表社会に隠れながら他者に対して閉じた生活を送っていたのだろうか。

この老婆と対照的なのが旅館業をしている〈奥田ばあさん〉である。少年はこの老婆を〈能弁家〉〈カクシャク〉〈大変慈悲心の厚い人〉という開かれた言葉で形容する。「奥田旅館」はヤマトに向かって開かれた旅館であった。〈鑑札を受けていたかわからない〉この旅館には、〈富山の薬売り、手品師、浪曲化、古着屋、盲目の歌者〉というさまざまな人々が出入りし、〈ヤマトの匂い〉を離島に運んでくる。この空間は少年にとって、情報や流通等、ヒト・モノ・コトが交差する好奇に満ちあふれたにぎやかな空間であった。なかでも〈朝鮮人の飴売りの青年〉は少年の目に強烈な印象を残した。韓国併合によって、民族性を奪われ、差別をされ、打ちひしがれるこの朝鮮の青年は、喜界島でヤマトの人間に偶然受けた差別的な行為によって、意識の根底にあった朝鮮人差別への不満を爆発させる。

「畜生、おれの国を盗みやがって！　畜生、おれの国を盗みやがって！」

と、わめきながら、棍棒で庭先の竜舌蘭の葉をめった打ちしていた。

彼のことばの意味が分からず、僕が、

「どうしたんですか」

と尋ねると、彼は青い顔で僕を見つめて、

「ああ、おれの国は盗まれた！　言葉も、苗字も、宗教も、うばわれた！　おまえ、植民地の人間の心の痛みが分かるか。おれたちは、いくら勉強しても、努力しても、日本人の上にはたてないんだ。アイゴ！　アイゴ！」

彼は涙をながして、僕にうったえるように叫びつづけた。

リュウゼツランの葉を滅多打ちにし、叫びながら訴える姿は少年にとってショックであり、奇異にも映る。普段は、当時珍しかったポータブル式の蓄音機で音楽を聴かせてくれる穏やかな人物だったからだ。彼の聴くレコードは東海林太郎の「国境の町」や「野崎参りであった。「国境の町」の四番目は〈行方もしらない／さすらい暮らし〉と歌われる。まさに、青年の姿そのものを歌った曲であろう。また、彼が美しい声で歌った朝鮮民謡「アリラン峠」は、故郷を捨てて十里も行かぬままに足が痛むという痛切な郷愁の曲であった。

知られるように韓国併合後の朝鮮民族は公用語として日本語を使用することを強制され、創氏改名によって親の名づけてくれた名前をも奪われる。みずからのアイデンティティーは踏みにじられ、さらに異国の天皇を崇拝する神道への改宗も強いられた。「国境の町」の二番目に〈故郷離れて　遥々千里／なんで思いが　とどこうぞ／遠きあの空　つくづく眺め／男泣きする宵もある〉とうたわれるように青年は遥か南島の喜界島で故郷朝鮮を思い、悲嘆にくれる。

*

「ふるさと」とは、何か。そして「ふるさと」とは、どこか。安達征一郎の誕生の地は、東京である。満州事変の不況を機に東京から遠く南島の喜界島へと移住したのは、七歳のとき。「赤連海岸通り」に詳述されてはいないが、のちに彼は再び上京し、十五歳で東京へもどった。島での生活はわずか十年足らず。にもかかわらず、「赤連海岸通り」を読む限り、出生地がどこであるかという事実よりも、少年の記憶が、そしてこころが、みずからのふるさとは喜界島であるということを告白する。この作品は、少年時代の光景をそのまま綴った眩しくも美しくあたたかい、そして魅力的な人物に囲まれた作品である。安達は作品の最後で次のように述べている。

〈……こういうふうに、昭和十年代の「赤連海岸通り」の住人の生活を書いていけばきりばないが、今思い返すと、五十年昔のこととはとても思えないほどの鮮やかさで、一々のこまかい挿話がわき上がってきて僕を懐かしい思いにさせてくれる。はっきりいって、「赤連海岸通り」は名所旧跡のように世に知られた年でもないし、規模もし小さい。奄美の中でも、眺望の規模の点からいえば、伊仙沖の景観、百之台からの景観など、人間を圧倒する規模壮大な景観に比べれば、

〝小景〟にしかすぎない。だが、僕にとっては、どんな些細な自然や、今は亡い人々のくらしの中にも、深い意味があるように思えてならないのだ。すくなくとも、僕がこれまで書いてきた小説の〝核〟を作っているのが、「赤連海岸通り」の生活で得たものであることだけは間違いない。僕はこれまで、喜界島の実在の地名を使った小説を書いていないが、（僕の小説の書き方が抽象的なので）小説の細部には、あの頃僕が海辺の生活で得た知識がとりこまれていることだけは間違いないはずだ〉。

確かにこころに秘めているふるさとの光景は、大人になってしまえばちっぽけな〈小景〉にしかならないのかもしれない。ふとした拍子に思い出される万人の記憶の深淵に眠っているささやかな光景。過去を振り返ると単なる日常の中に埋もれている他愛のない風景にすぎないが、言葉に綴ってみると〈どんな些細な自然や、今は亡い人々のくらしの中にも、深い意味があるように思えてならない〉――あなたのふるさとはどこか。あなたのマブイが産声を上げたのはいつの日なのか。そして、ふるさとは今、ありやなしや。

その人にとって、ちっぽけな小景に過ぎない日々であろうと、こころの大切な風景、こころのふるさとの風景――朝鮮は、時代によって、日本によって（ヤマトによって）未来の形を捻じ曲げられた。亡国、喪失、絶望。奪われたこころをどう保とうか、言葉にしようか。

エッセイのような、自伝小説のような、と表したこの小説は、単に安達征一郎という作家の当時の記憶を綴った物語ではない。原稿用紙十枚にも満たない短文にまとめられたこの作品は『小さな島の小さな物語』という十編が集められた作品集の扉のような存在であり、作家としての魂（マブイ）が確かにここで産声をあげたのだという自己確認の文章なのである。それはそして次のように私たちに問いかける。あなたが過ごした大切な日々はいつか、そしてどこなのかと。

日本の果ての、のぞき穴――「双眼鏡」

楠原美沙

あらすじ

カツミは学校帰りに磯さんの家をしばしば訪ねていた。磯さんには、ひそかな趣味があった。家の壁に作ったのぞき穴から、双眼鏡で海をながめることである。磯さんはもともと喜界島の住人ではなかった。あるとき、磯さんは、よそ者であるという理由で、海をながめる行為を怪しまれ、スパイ容疑をかけられてしまった。そして特高警察からひどい拷問を受けた。特高警察による嫌がらせは彼が島を去るまで続いた。外には非常時風が吹いていた。

＊

人は誰しも自分だけの〈心の安らぐ時〉を持っているのではないだろうか。それは大抵他者に迷惑をかけることもなく、関心さえ持たれないことかもしれない。まさに自分だけの特権。しかしそれがある日突然、何者かによって制限され困難になってしまったとき、はたまた法に触れてしまう行為となったとき、たとえば〈スパイ〉容疑を掛けられてしまったとき、あなたならどうするだろうか。

日本列島が戦時下であったとき、小さな島にもその〈非常時風〉が吹いてきた。そこにはいつもと変わらぬ人々の生活があった。しかし〈非常時風〉の影響により、徐々に島民生活にも戦争の影が忍び寄ってきた。「双眼鏡」はそんな時代を生きる人々の生活の一場面を切り取った作品である。この小説は、全員がスパイかもしれない、そう疑わなければならなかった時代が生み出した不幸な物語である。日本の果てで起きていた事件をのぞいてみよう。

＊

磯さんは喜界島の生まれではなく、五年前に移住してきたヤマトンチュである。彼は腰の低いおとなしい人柄で、ある程度の良好な信頼関係が島民との間に存在し、それが彼の気ままな島民生活のよりどころともなっていた。

磯さんの習慣は海をながめることであった。彼はもと外国航路の乗船員で、海を眺めるのは長年の習慣になっていた。それによって彼はこころの平安を保っていた。そのような生活がある日〈スパイ容疑〉によって一変する。

「日本とアメリカは戦うことになると思う？」

ある日僕が尋ねると、

「どうも今の雲行きじゃあ、戦争になりそうだね」と磯さんは眉をくもらせて答えた。

「日本はアメリカに勝てると思う？」

そもそもカツミがこの質問をした理由は磯さんが船乗り時代に寄港した国がイギリスやアメリカなど日本の敵対国であり、なおかつ磯さんがそれに応えうるほどの諸外国の知識を備えていたからである。ただ留意すべきは、まだ子どもであるカツミから戦争に関する話が出たことである。戦争の影響は子どもにも浸透していた。

喜界島の空港周辺には、当時、重要な軍施設が複数存在した。特に太平洋戦争後期、現在の空港周辺は沖縄の敵艦隊へと向かう特攻機が整備・給油を行うための中継飛行場となっていた。また、空港付近には戦闘指揮所が設けられ、軍事的な判断、指揮命令が行われていた。特攻隊員も出撃前はこの場所で作戦指示を受けていたとされる。その他特攻機の格納庫も設けられており、そこでは整備も行われていた。当時の喜界島は日本軍にとって重要な役割を担っていた。さらに、奄美大島には海軍航空陸上基地、海軍航空水上基地の両方があるなど、西南諸島の中でも重要な軍施設があった。そのため、学校では写真を撮ったりスケッチをしたりする怪しい人物を見かけたら特高警察に連絡するように注意喚起がなされていた。

特高警察は張り込み、尾行などを励行し、目星をつけた者などに監視を集中し、予断と憶測で犯罪を認定するという理不尽な行動をしていた。よく知られる「蟹工船」の作者小林多喜二もその特高警察に拷問を受けて死亡した人の一人である。磯さんも同様に特高警察の被害者となった。彼は、基地情報を第三者に流すために海を眺めているのではないかという疑いをかけられ、竹刀でひどい暴行を加えられる。

「磯さんどうしたの?」

僕がびっくりして尋ねると、磯さんは、

「いい所へきてくれた。水を一杯飲ましてくれんか」と、声がひっこんでしまったようなかすれ声でいった。

僕は急いで台所の水がめから湯呑に水をくんで持っていってやった。

「ちょっと手をかしてくれんか」

磯さんは自力では立ち上がれないらしく、僕の助けを求めた。そこで手で支えて上半身を起こしてやると、うまそうに水を飲んだ。体を支えた時、寝巻の背中にふれた手に、生あたたかいものがついたので見ると血だった。

「どうしたの? 血がでているよ」

「そうかね」

磯さんは情けなさそうにつぶやいて、肩で息をついだ。

「警察で竹刀でなぐられたんだよ」

「へえ、なんで?」

「おまえは双眼鏡で海ばかりながめているが、沖を通る軍艦や輸送船を調べているんじゃないのかと、まるでスパイ扱いだよ。そして本当のことを言えといって、竹刀で死ぬほどなぐりよった。たいした拷問だったよ」

磯さんの声は急にふるえだし、眼には悔し涙があふれた。

この事件以後、磯さんは人目のつくところで海をながめることをしなくなった。特高警察のみを用心したからではない。地元住民も用心しなければならなくなったからだ。島の人々は〈いい人〉であれば〈よそ者〉であっても素性など気にしないという。しかし戦争は対人関係にも影を落とし始めたのである。

もともと磯さんが喜界島にやってきたのは東京に住んでいたころに感じた〈非常時風〉から逃れるためであった。〈非常時風も、日本の果てのここまでは吹いてこんだろう〉――磯さんの言う〈非常時風〉とは組織が国家戦略の傘下に収められ、国民生活に対する統制が行われ国民動員組織が確立された状況下のこと。それから逃れるために喜界島へとやってきていた。島へやってきたもう一つの大きな理由は、心の安らぎを求めて自由に海をながめるためでもあった。しかし磯さんは双眼鏡で海をながめていたことが原因でスパイ容疑をかけられ、拷問を受ける。〈非常時風〉から逃れ、海をながめる自由を求めて喜界島にきたにもかかわらず、海をながめるという自由すら奪われてしまったのである。

拷問を受けた後に磯さんは〈とうとう喜界島にも非常時風が吹いてきよったか。双眼鏡で海をながめる楽しみまで怪しまれるようじゃ、日本ていう国も、行きつくところまできてしもうたんだな。〉と語る。日本の果て、と考えていた喜界島でも国の統制や戦争による風潮が感じられるようになった。磯さんは日本という国家に絶望を感じている。しかし絶望のみではない。彼はカツミに目に涙をためながら次のような言葉をかける。〈カツミよ、おまえも兵隊にとられる年頃になっても、戦死なんかしないでかならず生き残るんだよ〉――カツミに語りかける彼の姿は日本に絶望感を抱きながらも次世代を生きていくことになるカツミに生き延びることの大切さを伝える。

＊

この物語には、〈非常時風〉をやりすごすために東京から喜界島に移住してきた磯さんの身に起きた悲しい出来事がつづられている。物語を読み始めたときは、さまざまな経験をして苦労してきた磯さんが、癒しを求めて喜界島を訪れ、主人公のカツミに双眼鏡での自分の安らぎを教え、楽しい時間を共有する心温める物語かと思った。しかし、後半に起きた事件は非常に衝撃的であった。それまで気にも留めなかった島の警察が、軍国主義化していくうちに、いつのまにか磯さんの素性を疑い始め、根拠もなく拷問に走るようになった。わたしはこのとき、昔テレビで見たある場面を思い出した。何一つ悪いことをしていない無実の人間が同じ人間に無差別に拷問され殺された話である。この物語では、戦争によって引き起こされるひとつの例として磯さんの件がクローズ・アップされているが、わたしは日常的に起きているさまざまな事柄が、このような悲劇に繋がると思う。

たとえば、なくならないいじめ。「いじめは戦争につながる」と指摘する評論家がいるが、わたしもそのとおりだと思う。仲間同士の悪ふざけがいつの間にか一人の子どもを自殺に追い込む。

理由を聞くと「あそびのつもりでやった」という。しかしこの構図は特高警察の行為とパラレルである。

戦時体制下で戦死者の無言の帰還を目の当たりにしていた彼らは、もしかしたらイジメをやめられない子どものように、誰かのせいにしないとやっていけないほど追いつめられていたのではないか。人間誰しも良心があると同時に悪心もある。特高警察がしたことは決して許されることではない。しかし、日常をふりかえれば自分も同じことをしているのかもしれない。海外の戦争や紛争では同じ地域に住む仲間も含め、国民すべてが敵になり、食料の奪い合いや争いが絶えない。双眼鏡はまさにこうしたさまざまな世界を覗き見する「二つののぞき穴」であり、一方向にファシズム化する時代をもう一方で捉えなおす時代の眼であるともいえる。

＊

時代に翻弄された人物の一人として「双眼鏡」では磯さんが取り上げられている。そこから見えてくるのは〈よそ者〉であることの悲劇かもしれない。もし磯さんがヤマトンチュではなく、喜界島で生まれ育った人間だったならばこの物語はどうなっていたのだろうか。戦争が個人にもたらした影響は暗く重いものである。戦争は国家間だけの問題ではなく、日本の果ての喜界島に住む人々の問題でもある。その時代を生きるすべての人の問題である。日常生活に見え隠れするその影響は磯さんという個人の人生を大きく変えてしまった。

日本の果てののぞき穴から見えたものは何だったか。ひとつは戦争の影。もう一つは、時代に翻弄されながらも自由を求めた人間の姿である。しかし時代はこうした自由を許しはしなかった。磯さんは自由を求めたがゆえにスパイ容疑という悲劇を招き、特高警察の監視下に置かれるという更なる不自由の元に身を置く結果となってしまったのである。この時代の不自由さこそが、当時の喜界島を包んでいた〈非常時風〉の正体であった。

忘備録

■〈磯さんは僕を傷つけることを恐れるように優しくいって〉

これはスパイ容疑をかけられ拷問を受けた磯さんにカツミが〈磯さん、東京へ帰る?〉と質問したことに対して〈いや、わしは喜界島が好きだから、おられる限りいるつもりだよ〉と返した時のその口調である。なぜ磯さんはカツミを傷つけることにつながるかもしれないと考えたのか。おそらくこの時のカツミは磯さんが喜界島を、そして喜界島の住人を嫌いになってしまったのではないかという不安を抱えてしまったと考えている。島の住人を嫌いになってしまったと考える要因としては、特高警察が磯さんに目を付けたのが島民の通報であるという選択肢も少なからず存在するからである。当時は学校でも怪しい人をみかけたら通報するように注意喚起がなされていた。よそ者であり、何をするでもなく双眼鏡で海を眺めている、そんな磯さんの姿は当時の時代背景を考えて見ればまさに「怪しい人」として人々の目に映る。また、疑いをかけられたうえに拷問を受けたということで喜界島という土地にトラウマのような感情を抱き、島を出ようと考えたとしてもおかしくはない状況である。

しかしここでカツミの質問を磯さんは優しく否定している。これには磯さんのカツミに対する思いやりと、「君たちは悪くない、時代が悪い」という心理も窺われる。

■磯さんとカツミ

作品はカツミが磯さんの自宅を訪ねたことがきっかけで展開していく。カツミが磯さんの家を訪ねると、磯さんはのぞき穴の場所をカツミに譲っている。しかし、磯さんと知り合ったころのカツミは、この〈双眼鏡で海をながめる〉ふるまいがひどく気になったが、今では磯さんだけでなく、カツミにとっても秘密の趣味となっている。そこで双眼鏡で海をながめることに対するカツミの心情の変化を以下に簡単にまとめてみた。

①磯さんと知り合いになったころ
・ふるまいがひどく気になった
・僕などうかがい知ることのできないものを観察しているのではないか。
・あやしんだ。
②初めて双眼鏡で海をながめたとき
・特に変わったものは見えず、がっかりした。
③現在
・この目的のないふるまいの中に、磯さんの言う心の安らぎがあることがわかってきた。

・今では自分自身の秘密の趣味でもある。

■双眼鏡で海をながめること＝のぞき穴からのぞくこと、は二人だけが共有している秘密の趣味。

二人は（カツミ）〈きょうは何が見えた？〉（磯さん）〈いやあ、なんにも見えんね〉という会話を交わしている。カツミの〈きょうは〉という言葉、そしてこの会話を〈たあいもない〉と表現していることからこの行為はよく行われていることであり、二人の間ではもう当たり前のようになっているということ、また、家を訪ねてきたカツミへの磯さんの会話や行動から二人は親密な関係を築いており気の置けない仲であると考えられる。「のぞき穴からのぞく」のは他者に隠れて行うことであり、二人だけの秘密の共有がそこにある。

■カツミの想像

磯さんの思っていることやその行動の理由を知らなかったときのカツミは、その内容を〈僕などのうかがい知ることのできない海の変化とか、回遊魚の大群とか、海の冒険談にでてくる大ダコとか怪獣とかを観察しているのだろうか〉などとさまざまに想像を巡らせている。〈僕などのうかがい知ることのできない海の変化〉〈回遊魚の大群〉という想像は磯さんが元船乗りであり、漁師であるため風や潮、海の変化などには敏感であり、身についている知識があると考えたことから連想したものであり、〈海の冒険談に登場する大ダコとか怪獣とか〉という想像はカツミが当時読んでいた物語の影響を受けたものである。

■〈磯さんははにかんだ口調でいった〉

なぜこの場面で磯さんははにかんだようすを見せたのか。

磯さんがこのようすを見せるのはカツミと双眼鏡で海を見ているときに〈何を見ているの?〉〈なんにも見えないよ〉と言われたことに対してその理由を答えた場面である。磯さんがはにかんだその理由を二人の会話の内容から次のように推測した。

双眼鏡で海をながめても別段変わったものは見えない。しかし磯さんは以前船乗りをしておりその時の癖がこの海をながめることであり、今となっては船に乗ることもなくなったが、習慣として身についたこの行為が安らぎをもたらす。つまり周囲にはなかなか理解してもらえないがこれは磯さんにとって日常的な行為であり自分だけの癒しである。ただ、それだけ双眼鏡で海をながめるという行為が身についていて、職業病的なものであり、この言葉は職業に対する磯さんの自負や誇りが表れているものであろう。磯さんが自らの内部を肯定している表現ともいえる。

■自然描写・島の環境

本作品集の特徴の一つは、作者の幼少期の記憶に基づいた詳細かつ鮮やかな自然描写といえる。特に「双眼鏡」においては島における建物や道路などの位置関係や、黒糖といった島の生活の中心となっている事柄が記述されている。

冒頭は喜界島の中でも、作品の舞台となっている赤連海岸通りの情景描写から始まる。〈赤連海岸通りとは、どこからどこまでを指すのかは不明だが〉―ここでは作者としてもはっきりとした場所の特定はしていないが、その後の〈湾港の〉という表現に続いて道路の説明がなされている。この場面では場所の想像をさせるだけでなく後に続く道路の描写から、小さな島ながらも舗装が整っていることが理解される。舗装が整っているその要因は場所が港であり、かつ人の出入りが多いためである。そのあとには黒糖に関する記述が詳細であるのは、黒糖が喜界島の貴重な収入源となっており、生活の中心でもあったためである。〈砂糖黍農家の大部分はまだ昔ながらの、馬が添木をひいて搾り機をまわす旧式の方法で砂糖黍を搾っていた〉〈当時喜界島にはトラックがなかったから、黒糖の運搬はもっぱら荷馬車か馬でおこなわれていた。その馬車も、ゴムタイヤでなく鉄輪車だった。〉という記述がある。当時の喜界島は本州に比べ機械化が進んでいなかったことが想像できる。

磯さんの家はサンゴ礁のかけらを円筒型につみあげ、茅ぶきの屋根をのせたつくりであった。これは単に磯さんの生活が貧しかったというだけではなく、室内にある柳行李の家具から考えて土地の気候も関係していると思われる。おそらく気温も湿度もそれなりに高い気候であろう。家のつくりとしては本体がサンゴであるため、想像以上に頑丈なのである。万が一嵐に見舞われたとしても屋根さえ修復すればよい。また、磯さんの家にはさまざまな漁具が置かれており、磯さんの漁師としての生活も垣間見える。

■記憶のはっきりとしない描写

この作品には記憶のはっきりしない、作者が場面状況をぼかす表現がたびたび登場する。その例を次に挙げる。

・赤連海岸とは、どこからどこまでを指すのかは不明だが、僕の判断では、湾港の東岸の根っこのところ—西平泡盛店のあたりから、湾港の東岸沿いにのびて突堤に到る道路のことではないかと考えている。

・この馬の運命がどうなったのかは知らないが、鹿児島のどこかの牧場でほそぼそと買われていると噂に聞くトカラ馬と同種であろうか。

・検査官がヤマトからきた人なのか、あるいは検査を委託されて地元の人間がおこなっていたのかは、僕の記憶には全くない。

磯さんとの交流や、カツミの心情などは事細かに書かれているのに対し、これらの表現はどれもあいまいではっきりとしない。その内容としては地理や地域的なものの表現が多いことから、作者が島に滞在した期間がそれほど長くなかったこと、当時の年齢が低かったことが窺える。しかし、島の自然や主人公の心情のような情景描写は鮮明である。島で過ごした期間の記憶は作者にとって特別な、忘れることのできない記憶であり、磯さんや「赤連海岸通り」に登場する朝鮮人の飴売りの青年などは、作者にとっての忘れえぬ人々そのものである。

マブリの海へ、輝きを求めて――「ミツコの真珠」

佐藤有莉

あらすじ

桟橋で釣りをしていた〈僕〉はミツコに〈食べないなら、魚をはなしてやれ〉と諭される。ミツコは〈ふれむん〉（奄美の言葉で気の狂れた人のこと）であり、喜界島の生まれではなかった。気のふれたときのミツコは周囲に悪態をつき、機嫌のいい日の彼女は〈夢見る女〉だった。ある夜、〈僕〉はミツコに呼ばれて、真珠の海を目撃しミツコの語る言葉の魔法のとりこになる。一年後、肺炎に罹り余命のないミツコの願いを叶えるため、これまでミツコの面倒を見てきた人々と〈僕〉は、真珠の海を探しに夜の海に船を漕ぎ出した。

*

この作品は、ミツコという女性の死で終わる。ストーリーを辿ると、とても悲しい結末だ。語り手が〈短い薄幸の生涯〉書き記したミツコの生涯はたしかに不幸であった。初登場のシーンから〈ふれむん（気の狂《ふ》れた人）〉であると紹介され、根も葉もないうわさが広がり、奥田旅館の奥田ばあさんに拾われ、気がふれた時には野良犬のように回り歩き、彼女をいじめたり好意を持っていない人の前で悪口を述べ立てたりする。島の子どもからもいじめられ一度は溺死寸前になる。なるほどたしかに不幸な人間と言っていいだろう。

しかし、物語の中盤において、彼女は前半語られた姿とは全く違う「夢見る女」の姿を見せる。物思いにふけったり満月の夜に流れ星を数えたりする彼女の姿は、ファンタジーな世界を空想するロマンチックな少女のように見える。また、語り手である〈僕〉が魅了されてしまうほど幻想的な世界を語っている彼女の姿は、前半の悲惨な日々を過ごす哀れな女性の姿など欠片ほども見当たらない。むしろ真珠の海と相まって、どこか神秘的な感じすら漂う。

物語の後半、ミツコは風邪をこじらせは肺炎を患い、医者に四、五日の命だろうと宣告される。ミツコの最後の望みを叶えるために、これまでミツコの面倒をいくらか見てきた島の人々は彼女を真珠の海へ連れて行く。ミツコが語った真珠の海の正体はクジラの群れだった。しかし奥田ばあさんはミツコに群れの現実を教えず、真珠の海へ来たと伝える。そして三日後、ミツコはその短い薄幸の生涯を終えた。

わたしはこの話が、一種のファンタジーであるように思えてならない。ここでいうファンタジーとは、剣や魔法や妖精の出てくるファンタジーではなく、どちらかというとメルヘン、非現実的な作り話に近い。自然法則の因果律や時間・空間の規定にとらわれず、自由な想像力で創られた非日常的・不可思議な物語を意味するメルヘンである。作品が収録されている『小さな島の小さな島の物語』の「あとがき」には、《「小さな島の小さな物語」の諸作は、その当時僕が見たり聞いたりしたものです。当時は、人権意識もうすく、福祉制度もなく、精神安定剤を服用すれば、軽症で済んだはずのミツコは狂女になりました。僕は「ミツコの真珠」を書きながら、ミツコの狂った頭が紡ぎだした、人は死ぬとマブリ（魂）になって巨大真珠の膜になるという霊的な幻覚に圧倒されました。》と書かれている。

この言葉は作者の少年時代の記憶をもとに諸作品を書いたということであり、年月を経たことで、いくらかの違いが生じてきたことを表している。また、記憶を作品化するに当たっていくらかの誇張や削除がなされたことも考えられ、「ミツコの真珠」が作者の少年時代の見聞をそっくりそのままを書き出したものであるとは考え難い。

＊

ミツコは本当に〈ふれむん〉なのだろうか。こう思う理由は、作品冒頭のミツコの言葉にひっかかりを覚えるからである。

桟橋で釣りをしていた〈僕〉は、ミツコに〈その魚、食べるの？〉と声をかけられる。釣れていたのは体長三センチぐらいの小魚ばかり、〈僕〉は素っ気なく〈こんなの、食べられるかよ〉と答える。それに対しミツコは以下のように答えている。〈食べないなら、海へはなしてやんなよ。食べもしないの魚を殺すのは、罪つくりだわ〉―この言葉を聞いた〈僕〉は、〈彼女の口調には、妙に突っかかるようなところがあった。〉と感じる。〈狂女〉とされるミツコだが、〈僕〉

を注意し諭す言葉はきわめて真っ当であり、彼女の倫理・道徳観もまた真っ当なものであろう。

だが一方ではこの会話には奇妙な雰囲気も漂う。仮にわたしがミツコであったとして、ミツコのように〈食べないなら、海へはなしてやんなよ。食べもしないの魚を殺すのは、罪つくりだわ〉とはまず言わない。言うのであれば、〈食べないなら、海へはなしてやんなよ〉程度であり、〈食べもしないの魚を殺すのは、罪つくりだわ〉とまでは言わないだろう。むしろ、遊びとしての魚釣りを魚を殺すことであるとする思考には至らない。ミツコの言葉がしっくりくるとすれば、〈僕〉が釣った小魚をすぐに死ぬような状態で放置していた場合や桟橋にそのまま放置していた場合が考えられるが、桟橋に釣った小魚を放置していた場合であれば、小魚が死にそうな状態であることが一目でわかり、ミツコの言葉には何ら不自然さはない。しかし、それにしてもミツコと〈僕〉のやり取りからは、多少の可笑しさが感じられる。彼女は精神状態のいいときと悪いときに落差があるのだろう。

こうした記述のあと、ミツコの身の上話が描写される。だが、喜界島へやってくるまでの話はどれも推測や噂話など、実際のところは何もわかっておらず、事実であると断言できるものはない。確実な情報は、ミツコが喜界島の人ではないということ、海岸通りに来たときにはすでに気がふれていたということ、奥田旅館の奥田ばあさんに拾われたということくらいである。奥田旅館では、洗濯、掃除、使い走りなどの下働きとして使われていた。しかし、どこにも雇われず、どこかで野たれ死んでいた可能性や島にあった売春宿に拾われていたかもしれないことを思うと、奥田ばあさんに拾われたことはミツコにとって幸運であったのかもしれない。

＊

〈気がふれたときのミツコには、二つの悪癖があった。〉——この一文から始まる彼女の悪癖は、徘徊の悪癖である。海岸通りの家々を意味不明な言葉をぶつぶつとつぶやきながら、壁に立てかけてある竹竿や材木、たきぎを倒し、水の入ったバケツをひっくり返し、洗濯物を干してある竹竿を取り落す等、ミツコの行動はたしかに狂的である。しかしミツコの言動や〈僕〉の視線から語られるミツコを見る限り、ミツコの狂気には波があり常に気がふれているわけではない。ときおり機嫌の悪い日もあり、たまたま機嫌の悪い方が目立っていたにすぎない。

ミツコの二つ目の悪癖は、悪口を述べ立てるというものであった。〈彼女は海岸通りの恐るべき裏のこと情通であった〉——しかし彼女が語るその内容は、事実かどうかもわからず、かといって否定することもできぬものだった。思うにミツコの悪口は、海岸通りの人々が表では口にしない裏の噂話であり、通りの誰かから聞いた、あるいは誰かが話しているのを下働き中や徘徊中に耳にした内容をそのまま口にしていただけなのであろう。〈ふれむん〉であるミツコを誰も用心などしないし、誰も警戒などしないのである。たとえミツコが事実を言いふらしたとしても、それを誰も本当のこととは受け止めない。だからこそ、表立って口にしない周知の事実をミツコの前では安心してしゃべるのであろう。

＊

気がふれたときと違って、機嫌のいい日のミツコはニヤニヤ笑ったり、声高な笑い声を響かせたり、うっとりと物思いにふけったり〈夢見る女〉であった。

「一つ……　二つ……」

ミツコは、空を見あげて、何かを数えているらしいのだが、説明してくれない。

「なにを数えてるんだい？」

「流れ星だよ。ほら、また一つ落ちなすった……トウトガナシ、トウトガナシ」

満月の夜に流れ星を数えたり奄美の島言葉で神様に祈りを捧げたりするミツコの姿は、空想癖のあるロマンチックな少女そのものである。また、〈僕〉に真珠の海とマブリの幻想について語る彼女の言葉は、不思議を通り越して神秘的であり、妖しげでシュールな魅力に溢れている。〈海面がふしぎなくらいかきみだされて金波銀波の光の矢をわきたたせている場所〉にミツコは大きな真珠があるという。

「あそこには大きな真珠があるんだよ」

「大きいって、どれぐらい？」

「そうだね。あの輝きだから、おとな十人が手をつないだくらいのまあるい真珠にちがいないよ。その真珠をもった真珠貝がぱっくり口をあけているから、あんなにきれいに輝いて見えるんだよ」

やがて〈僕〉は、流れ星は死んだ人のマブリ（魂）であり、真珠貝に吸い取られて真珠になり、長い時間をかけて大きくなるというミツコの無邪気で神秘的な空想の世界に魅せられる。

数日後、〈僕〉は磯さんに真珠の海について相談した。すでにその現象を知っていた磯さんは、海面がかき乱され金波銀波に光るその現象に、現実的な理屈や科学的な解釈をつけるより、素直な心で、ミツコの純な夢を信じてあげた方がいいという。

それから一年後、ミツコは風邪をこじらせ肺炎になった。熱にうなされるミツコはうわごとで〈わたしを真珠の海へつれていって！〉という。あの美しい真珠の海を命の際に一目見たいと思ったのか、あるいは自分の魂が身体から抜け出たときに真珠貝の傍にいれば、真珠貝が自分の魂を吸い取ってくれるかもしれないと思ったのかもしれない。

ミツコの願いを叶えるために真珠の海に一艘の船が漕ぎ出された。その夜は、奇しくも一年前、〈僕〉とミツコが真珠の海を見たときと同じ夜であった。〈風のない、おだやかな月夜。満月は、百之台の山の背を撫でて〉いた。出発から約三時間半後。真珠の海が発見された。光る海の正体は月夜に集まったクジラの群れである。

「あれはクジラだよ」

そういったのは磯さんだった。

船はエンジンの音を落として、ゆっくり近づいていった。

よく見ると、月波のきらめく海上に、しずかに泳いでいるクジラの黒い背中がほかにも七、八頭見てとれた。

交尾のために集まった群れだろうか。

ときおり、巨体をおどらせて、尻尾で海面をうちたたいている。

海面にあらわれた巨体が月光をすべらせて、まるでそこに照明灯があるみたいにまばゆい光芒をまきちらしている。

しかし海の正体をミツコに告げるものは一人もいない。ミツコの空想を壊すまいとする人々の優しい配慮がそこにはある。

実際、この季節にこの海でクジラの出産や子育ては行われる。たとえば、沖縄の慶良間諸島近辺には、ザトウクジラが子育てのために集まるが、ザトウクジラは春から夏、秋の初めにかけては高位度地域の餌場で生活しており、冬になると暖かい低緯度地方へと移動し、交尾や子育てを行う。喜界島でも十二月から四月頃にかけてクジラが見られ、それを観光資源としてアピールしている人々もいる。しかしこの作品はこうした現実感覚で読むべき作品ではない。

＊

そこでわたしはこの作品をメルヘンとして読んでみた。物語には、「元型（アーキタイプ）」が存在する。「元型」とはユング心理学の用語だが、童話や昔話、神話などは地理的、文化的にまったく交流のない文化圏にもかかわらず、何故か似たようなモティーフで語られることが多い。たとえば「三匹の子豚」のような兄弟の昔話は、なぜか世界中の昔話で末の弟（あるいは妹）が成功する話、つまり兄弟譚が多い。また「三枚のお札」のような、三つの不思議な道具を投げて追手を阻む話は呪的逃走譚と呼ばれ、世界中の神話や昔話でみられるモティーフである。これをユング心理学では「人類の意識には文化に関係なく無意識に共通の元型がある」という説を唱え「元型」と呼んでいる。つまり人間は集合無意識の中に「元型」を持っており、人の発想には文化も人種も違う人間であっても共通するものがあるという説である。これを「元型」あるいは「祖型」と言い、昔から伝わっている物語、つまり神話や童話は、古いゆえに「元型」に近い物語であると言えるそうだ。また、民話や童話というものは、オカルト的にみると神話に次いで遥か昔から伝わる象徴形態の塊である。「ミツコの真珠」はごく近年の作品であるため、この「元型」論には当てはまらないかもしれないが、象徴学的にこの物語を読んでみると、とくに真珠の海について面白い符号や象徴を多く指摘できる。

まず真珠は、アフロディテが海面から現れ出たとき、彼女の体から滴った水滴が真珠であるといわれ、天井の楽園には生い出た石は真珠であるとされた。その美しさゆえに古くから装身具として広く普及しており、多くの古代の美術作品やキリスト教のフレスコ、モザイク、彫刻などにみられる。さらにその貴重さによって、キリストのシンボルに高められ、最初はグノーシス派の人々の教義の中で、のちには神父たち（とりわけシリアのエフラエム）の説教の中でも言及されている。さらには啓示や霊的な生まれ変わりのシンボルであり、マリアの無原罪の御宿りの寓意でもあるとされた。なぜなら、その貝（牡蠣）は、水中に住むにもかかわらず水に触れられずに天の働きかけによって真珠を宿す、ないしは海から舞い上がった天の露によって宿す、つまり牡蠣は空から授かった「露の胤」を孕むと考えられたからである。貴重な真珠は、神聖さに至る傑出した道としての殉教や処女性を象徴することもあった。また、世界＝牡蠣の類比において真珠は「神秘の中心」を意味し、身体＝牡蠣の類比では真珠は「魂」を意味した。異常なるものの純化、純粋性、救済、清浄などを意味し、その理由は白色であること、処女懐胎の象徴として牡蠣の中の真珠は、聖母マリアの体内のキリストに対応すること、水と火の結合であることとされている。

また真珠と関係の深い貝殻は水と関連し、豊饒を表した。たとえばキリスト教の信者たちによってカタコンベの塗り立ての壁龕の漆喰に目印としてつけられた。のちに象徴学的な解釈が与えられ、それゆえ人間がある日復活する墓の比喩として副葬品として用いられることも多かった。かたつむりがその上に落ちる露によって受胎するという中世の博物学の考えは、貝殻をマリアの処女性のシンボルとした。また、ボッティチェルリとティツィアーノは、古代の神話にしたがって、貝殻のモティーフをヴィーナスの誕生の描写に用いた。有名な絵画『ヴィーナスの誕生』である。水に固有な繁殖力の象徴的意味を分け持ち、その形態が女性の性器に似ていることから象徴として女性原理を表すこともあり、幸運（豊饒）のお守りとして結婚した娘たちに与えられていたこともある。他にもひとつの世代が終わり、そこから生れ出る次の世代の繁栄を表すこともあった。秘教では、魂の抜け出た肉体、つまり生命の抜け殻を表し、墓に描かれることもあった。不死を表し、副葬品に使われる。また逆に死を表すこともあったという。

＊

魂に関しては西洋と日本では大きな違いがあるためここで省くが、こうしてみると、「ミツコの真珠」がただの物語でも、ファンタジーでもメルヘンでもなくノンフィクションとフィクションの中間のものであるファンクション、事実と虚構とを織り交ぜた作品であることが理解される。また、象徴的に見てみるとミツコの信じていた真珠の海の示すものが、啓示や霊的な生まれ変わりのシンボルであり、世界＝牡蠣の類比において真珠は「神秘の中心」を意味し、身体＝牡蠣の類比では「魂」を意味することも了解される。さらに異常なるものの純化、純粋性、救済、清浄などを意味する所を考えてみると、死して真珠の膜になる事は生まれ変わりであり、〈ふれむん〉という異常なものを純化しているとも考えられる。

前半に出てくるミツコの身の上話だが、ミツコが喜界島へやってくるまでの話はどれも推察や噂など、実際のところはわからないまことしやかな話ばかりである。確かであると言えそうなのは、僕の母が方言訛りから推した、北大島の人間ではないかということ、海岸通りに来た時にはすでに頭をおかしくしており、奥田ばあさんに拾われたということである。しかし、火のない所に煙は立たない。思うに、ミツコはかつて噂に近い何かがあったのでないだろうか。噂話やミツコの現状を見るに、裕福な家庭で生まれ育ったとは考えづらい。噂ではもとは酌婦で紬職人に身請けされて喜界島にきたという。身請けされたということは、金で買われて愛人になったということであり、海岸通りに流れて来たということはそれまで土地を転々としていたとも考えられる。

また、当時の女性の地位はとても低く、人身売買も明治政府が禁止令を出したものの実際には戦後も存在していたことから、キュラムンのミツコが風俗業に売られた可能性もある。喜界島にやってくるまでに頭をおかしくしていたことから、彼女のそれまでの人生が幸福と言えるものである可能性は酷く低い。作中で描かれるミツコの異常性と夢見る女としての純粋性、死してマブリが真珠の膜になることによって狂気を純化し、生命の抜けがらであり墓を意味する貝殻のなかで、マブリの膜となって神秘の中心である美しい真珠に生まれ変わりたいというミツコの願望は、まさにこうした事実が背景にあるように思われる。

＊

真珠の海の正体であったクジラはどのように理解できるだろうか。クジラは多義的なシンボルの一つである。聖書のヨナの話によればクジラ（大きな魚）はキリストとその復活に関連している。また悪魔を表すこともあり、知性がなく、力だけで、過酷な自然の力を表すものであるともされる。あるいは海と世界を表し、生命の船、神秘のマンドルラ（天と地を表すアーモンド形の光背が交差しているもの）を表す。中世では、クジラの口は地獄の門を、その腹は地獄の領域を表した。その一方でクジラは包容のシンボルであり、魂を容れる肉体を表すし、また肉体を容れる墓をも表した。ここで面白いのは、真珠の海の正体であったクジラが魂を入れる肉体を表し、肉体を入れる墓、更には地獄を表していることである。

ミツコはクジラを大きな真珠であると信じ、事実を知ることなく死んでしまった。死んだ魂は、マブリは真珠貝へ飛んでいき、真珠は吸い取ってマブリの膜にするのだと信じていたが、現実にそこにいたのはマブリを膜とする真珠でも、僕やフジナミさんが考えていた海底噴火でもなく、墓を、地獄を表すクジラだったのである。ミツコの信じる真珠の海を死して美しい真珠に生まれ変わりたいと言うミツコの願望であると解釈したわたしからすると、現実には墓と地獄が待ち構えていたというのは残酷であるとしか言いようがなく、生前も死後も救いがないように思えてならない。

＊

ミツコの真珠の海の思想について、喜界島や奄美大島で真珠に関する信仰がないかと文献を当たって見たが、わたしの調査ではミツコの〈死んだ人間のマブリ（魂）は真珠の膜になる〉という思想の元になりそうなものを見つけることができなかった。しかし奄美大島では死後霊魂の赴くところをグショといい、どのようなところであるかは人によって違うという。奄美本島では七山、七坂を七日七夜こえていくと川があり、そこにテンゴの神が立っていて、良いマブリと悪いマブリを仕分け、良い霊魂はハベラ（蝶）になって飛んでいき、悪い霊魂はトベラの木になって黒くなって消えてしまうのだという。一般に人の霊魂は、まず墓へ行く、グショの入り口は墓だと考えられている。

ミツコにとってのグショがどうして真珠貝なのかは定かではないが、貝とは海底にあるものであり、南海の底といえばニライカナイあるいはネリヤ・ジョーゴが連想される。海は古来、非常に重要な象徴として扱われている。世界中の多くの文化圏の宗教で、海は神の国、あるいは死者の国となっていることが多く、海とは彼岸であり、あの世というのは海の底、あるいは海の向こう側にあるとされている。当然ながらこれは海と接した地域、とくに島国などに顕著にみられる思想である。日本においては南方の海の向こうに観自在菩薩の御座す補陀落の浄土があるという考えの「補陀落浄土」。沖縄の「ニライカナイ」は海の果てであったり海の底であったりするものの、ほとんど同じ考えであると言っていい。沖縄の代表的な他界観は、海上他界ニライカナイであり、そこは祭祀儀礼の世界観では、現世と対比される世界のことをいう。

「ミツコの真珠」に現れる〈海〉に、はたしてニライカナイを当てはめることができるだろうか。やはり、この物語の〈海〉は、夢見る女として彼女自身が作り上げた、彼女の創造であり彼女だけの信仰だったのかもしれない。ミツコは最期、医者の言う通り三日後に亡くなってしまう。しかし、熱にうなされうわごとで口にするほど見たかった彼女の想像の中の真珠の海を間近で見ることが叶い、ミツコは安らかに眠ることが出来たように思う。熱に浮かされぼうっとしたミツコには、たしかに魂で出来た巨大真珠が見えたのであろう。ニライカナイには様々な形があり、グショに至っては人によって異なるものがある。

彼女にとってのグショ、死後の世界は真珠の海であったと言っていい。真珠の海がクジラであるという現実を、彼女の最期の夢を叶えた人々は教えなかった。彼女の真珠の海は誰からも否定されることも彼女のなかで崩壊や破綻することもなく、臨終の間際まで（そしてマブイになってからも）彼女の中にたしかに存在したのである。

「性」の目覚めから「男」としての成長へ――「かなちゃん」

小野夏実

あらすじ

喜界島で、ひときわ輝き華やぐお転婆少女がいた。毎年、夏になると喜界島に来ていた、カツミの初恋の相手「かなちゃん」である。一方、かなちゃんの一目惚れの相手は神戸高等商船学校の学生である神田さんだった。カツミとかなちゃん、神田さんが繰り広げる甘酸っぱい青春の日々。「戦争」という暗い影に侵されながら、カツミは何を想い、かなちゃんや神田さんにどんな感情を抱くのか。喜界島を舞台に、マーラン船が想いを運ぶ恋愛物語。

＊

あなたは「初恋の相手」と聞いて何を思い浮かべるだろうか。ある人は、授業中に見つめた背中かもしれない。またある人は、グラウンドに響きわたる声かもしれない。たとえ「初恋」が辛い記憶であったとしても、日常に潜む小さなきっかけで、いつの間にか当時にタイムスリップしてしまう。そんなことはないだろうか。

初恋の思い出は、どれだけ時が過ぎようとも、自分がいくつ歳を重ねようとも、忘れることはできないのかもしれない。「初恋」が、どうしてあんなにも特別な感じがするのか、それはわからない。ただ一つだけわかることは、そんな風にして思い起こされるのは、「初恋の相手」だけではないということだ。誰もがきっと、同時に当時のまだ幼かった自分を思い起こす。真っ直ぐで純粋で、悩み葛藤しながら成長していく自分を。もしかすると、むしろ、自分の方がより鮮明に思い出されるものなのかもしれない。

*

「かなちゃん」は恋の物語だ。戦争に向かいつつある沖縄や喜界島を舞台に、カツミとかなちゃん、そして神田さんの三人が繰り広げる青春の甘酸っぱさが詰まった物語である。物語の中心人物は、かなちゃんとカツミ、そして神田さん。カツミは、読書好きなどこにでもいそうな少年。一方の神田さんは、かなちゃんの一目惚れの相手として登場する。また、最も印象的なかなちゃんは、時に「女」を感じさせながらも、快活明朗でお転婆な「少女」として描かれる。

カツミにとっての「初恋の相手」は、恐らく「かなちゃん」ではなかっただろうか。それについて、作中にわかりやすく書かれているわけではないが、そう考える根拠がふたつある。一つは、この物語が、同世代の若者同士の恋愛模様に特に焦点を当てて描かれている点。そしてもう一つは、かなちゃんにまつわるエピソードのなかで、カツミがかなちゃんを「おとなの女」として認識した点である。カツミにとってかなちゃんが忘れられない恋の相手、つまり「初恋の相手」であることはほぼ間違いないだろう。

カツミは、そんな「初恋の相手」であるかなちゃんを、どんな出来事から思い返し、どのように自分自身を思い返しているのか。また、かなちゃんや神田さんとの関わりから、カツミがどのように成長していくのか物語の主だったエピソードを通して、以下、考察してみた。

＊

まず、カツミが〈初めてかなちゃんの強烈な個性の洗礼をうけた〉という目白獲りのエピソードからみていこう。このエピソードは、読者にかなちゃんの性格や性質を強烈に印象付ける場面である。

このとき、かなちゃんは女学校二年生、今でいう中学二年生ぐらいを想像してもらうとわかりやすい。残念ながら、カツミには年齢が推測できる記載はないが、全体を通してのかなちゃんとの話ぶりやその内容から、同年代ということは推測できる。そんな年頃の二人が、二人だけで出かけること自体に驚くが、読者はそれよりも、かなちゃんの行動に驚かされることだろう。

目白獲りは、落とし籠というしかけを樹上に吊るして行う。落とし籠のなかにある餌を目白が啄ばもうとしたとき、つっかえ棒が取れ、扉が閉まり、目白が捕獲できるという仕組みである。カツミは、ガジュマルに仕掛けを吊るすことにする。ガジュマルとは、熱帯や亜熱帯に自生し、防風・防潮樹としても植栽される琉球諸島などでは比較的一般的な植物だ。このときかなちゃんは、〈僕に任せればいいのに〉と思うカツミを差し置いて大木によじ登っていく。そして、仕掛けをセットし終えたかと思うと、幹に抱きついて滑り降りてくる。それだけなら当時の女の子として、はしたないと叱られる程度であるかもしれない。ところが、かなちゃんは、スカートを穿いていたために、滑り降りる時に誤って自分の性器を傷付け、血だらけにしてしまった。その挙句、カツミの前だと言うのに下着を下げ、放心状態のまま傷口を覗き込んでしまうのである。

はたして、女学校二年生の少女が、スカートを穿いたまま木によじ登ったり、異性の前でこのような態度を取ったりするだろうか。当時の女学校は、一般的に上流家庭や富裕層の子どもたちが多く通う場所であった。木によじ登るだけならともかく、異性の前ではしたない姿を見せるなどあってはならないことだ。かなちゃんのお転婆でじゃじゃ馬な一面と二人の力関係が理解できる場面だ。

その一方で、この目白獲りのエピソードは、カツミが「性」に目覚め、かなちゃんを「おとなの女」として意識する場面としても捉えることができる。〈ああ、かなちゃんは、ガキの俺なんかと違って、もうおとなの女なんだ〉――放心状態のまま傷ついた性器を覗き込むかなちゃんを見て、カツミが心で呟いた言葉はまさにそうであろう。

〈おとな〉の意味を『明鏡国語辞典』で引くと「①成人したひと。一人前に成長した人。②思慮、分別があるさま。」とある。この場合のかなちゃんの行動は、一人前に成長した人とは言い難く、思慮分別がある態度とは思えない。では、カツミが呟いた「おとなの女」の「おとな」はいったいどのような意味なのか。それは、ずばり性器の発達が完了した人を指している。〈そこの恥毛に血がにじんで、濡れたようになっている〉と発達を示唆する言葉も見受けられ、かなちゃんの性器が「おとな」と呼べるものへと成長していたことは容易に推測される。カツミにとって「おとな」を最も実感するものは性器そのものであり、その発達は「おとな」への一歩だと認識していたと言える。そしてそれはカツミ自身が思春期を過ごす男の子であり、性的なものに特別に興味を抱く年頃でもあった。

突如として現れた「おとな」の証を持つかなちゃんは、カツミにとって一人の異性としてまったく別物に見えたのかもしれない。現に、その時のカツミは、かなちゃんを〈これまでと違う目で見ていた〉のである。つまり、かなちゃんはこれまでの、幼くお転婆な「少女」から、「おとなの女」つまり「性」の対象としてカツミに意識されたのである。この時のカツミにとって、かなちゃんは「おとなの女」であり、自分とは異なる「性」を感じた最初の人物として、急速に意識され始めた。

＊

次に、二月ごろ、かなちゃんが恋愛問題を起こして喜界島に〈静養〉にやって来た時を見ていこう。そのなかでも、砂糖黍刈り取りの作業の休憩中、かなちゃんが睡眠中のカツミにキスをするエピソードを取り上げたい。時系列で言えば、目白獲りのエピソードの後にあたるはずだが、それがどれくらい後なのかは記述から読み取ることはできなかった。

この時のかなちゃんが、なぜカツミにキスしたのかということも大いに論点になりうるだろう。

しかし、ここでは、かなちゃんからのキスがカツミにどんな変化をもたらしたのかという点に焦点をあて、カツミの成長という視点から考察したい。

〈突然、柔らかい弾力性のあるもので顔をおおわれたような気がした。自然にあいたうすい目で見ると、かなちゃんの顔が僕にかぶさっていた。彼女は僕の唇に唇をかさね、しかも強く圧しつけてきた。熱っぽい唇が僕の息をとめるように重なっている。唇はひきら、歯が僕の歯にふれた。僕はこれまで感じたことのない快感で、自分の体が溶けて、まわりの大気へフワフワと靄のように拡散していく感覚に捉われた。〉

おそらくこの場面は、カツミにとって衝撃的な経験の一つであるといえる。場面の描写や言葉の用い方からもわかるように、表現の一つ一つが具体的かつ幻想的であり、読者はあたかもその場面を目の前にしているかのような感覚になる。それは、当時のカツミが感じたままの感覚や快楽、若者特有の青臭さが見事に再現されているからである。

では、これほどまでの具体的かつ幻想的な描写は何を示しているのか。それは、カツミが初めて得た性的な快楽であり、カツミにとって強烈なインパクトを与える出来事であったということだ。一つ一つの動作を細かく分割し、当時のままの過程を逐一表現している点からもわかるだろう。それに加え、キスの相手が、「おとなの女」であるかなちゃんからとなれば、思春期のカツミにとって特別な意味を持つことは想像に難くない。

ここで最も重要視すべき表現はどこか。それは、〈これまで感じたことのない快感〉という言葉だ。この言葉は、かなちゃんによってもたらされた「キス」という未知なる世界を、これまでの最高の快楽と位置づけていることを表している。その一方で、この言葉は、「快楽」の比較対象があるということを暗に示してはいないか。その比較対象というものは、おそらく、本当の「性」に目覚め、カツミ自身が精神的にも身体的にも「おとな」になっていく過程のなかで得たものであるだろう。ところが、かなちゃんとのキスという経験が、これまでの「快楽」の何倍もカツミを「おとな」へと成長させたのだ。ここは、カツミが初めて本当の「性」に触れた瞬間であり、より「おとな」へと成長していく場面として、また「おとな」への変化の場面として位置づけることができる。

＊

神田哲也とのエピソードにも注目したい。彼は、かなちゃんの一目ぼれの相手である。神戸高等商船学校の学生で、気さくで恬淡な性格の持ち主であり、島で唯一のクロールの遊泳者としてかなちゃんのハートを鷲掴みにした。神田さんが登場してからのかなちゃんの姿は、カツミに、〈悪い病気がでなければいいが……〉と案じられてしまうほど、まさしく恋する乙女である。正直なところ、神田さんとかなちゃんのキャラクターが濃いぶん、カツミの存在感は影を潜めてしまう。

しかし、かなちゃんと神田さんとの関わりを、カツミがずっと側で見ているということに注目してほしい。これまで、かなちゃんとカツミのエピソードを通して、カツミが本当の「性」に目覚め、そしてより「おとな」へと成長してきた過程を見てきた。ここでは、かなちゃんと神田さんとの関わりを傍で見守っているカツミが、その立場やそこで得た経験を通してどう変化していくのかを見ていきたい。

かなちゃんの実家は、琉球王朝以来の海運業者の家系である。かなちゃんにとって、自分のルーツと琉球列島最後のマーラン船・天竜丸の存在は、自慢でありまた誇りでもあった。マーラン船とは、近世琉球時代を代表する伝統的な船舶で、海上輸送に利用され重要な役割を果たし、昭和初期まで運用されていた記録がある。しかし、一九五〇年代には姿を消したとされていて、天竜丸が琉球列島最後のマーラン船だということは、あながち間違っていないだろう。そのマーラン船をきっかけにして、かなちゃんと神田さんは急速に接近していくのである。神戸に帰る神田さんを名瀬まで一緒に送り、名瀬の町で映画を見たり、喫茶店でコーヒーを飲んだり、かなちゃんがマーラン船上で琉球舞踏を踊って見せたりと、なかなか親密な関係へと発展していく様子が語られている。

神田さんを名瀬まで送りに出て一週間後、かなちゃんが湾港に帰ってくる。その屈託のない笑顔を見て、カツミは二人の間に良い時間が持てたことを想像するのである。それ以降の二人の会話やカツミの観察的な描写から、かなちゃんの高揚した気持ちや様子が伝わり、この場面で恋する乙女としてのかなちゃんを読者に印象付ける。それと同時に、カツミのことなどかなちゃんにとってはただの「弟分」であり、到底恋愛対象になどならないことが再認識される場面でもある。

この一連の流れから、カツミがかなちゃんに恋していることが、ようやく読者に伝わってくる。それは、ここに至るまで、恋愛に付き物と言われる「嫉妬」という感情が、読者にまったくと言っていいほど見えてこなかったからであろう。神田さんと彼に魅かれるかなちゃんの登場や関係性が発展していくなかで、文章中に「嫉妬」を表す言葉を挙げることが出来るようになった。では、恋をしているカツミの「嫉妬」という感情から、何が読み取れるのか。その「嫉妬」が分かる箇所として、〈じゃあ、神田さん退屈しただろう〉という台詞を取り上げたい。これは、神田さんとかなちゃんが名瀬に行き、マーラン船で宿泊した五日間に対しての言葉だ。

名瀬は、喫茶店や映画館などが建ち並び、喜界島よりもずっと栄えている場所である。この言葉は、そのことを知っていてなおの発言であるのだ。それに加え、かなちゃんが琉球舞踊の名手であったこと、もったいぶってあまり見せなかったことも知っていた。普段もったいぶって見せなかったとしても、好きな人の前ではここぞとばかりに見せるだろうし、カツミもかなちゃんの性格を考えればわかっていたはずである。ここに「嫉妬」があるのは明白だ。しかし、嫉妬心や敵対心が滲み出ている一方で、諦めのような感情も表れていないだろうか。これは、カツミにとって精一杯の皮肉まじりの言葉だったのである。ところが、かなちゃんの満足のいく表情を見てからは何も言えなくなる。何も言えないのではなく、何も言わないのだ。好きな子の幸せを願うが故に、積乱雲に視線を遊ばせるかなちゃんの横顔を、カツミは黙って見ていたのかもしれない。

かなちゃんに「おとな」を感じ本当の「性」に目覚めたカツミは、かなちゃんによってより

「おとな」へと成長していく。そのなかで、皮肉にも神田さんの登場が、カツミに恋愛的な表現や感情を芽生えさせた。「嫉妬」がある一方で、神田さんやかなちゃんを悪く言うようなことはせず、あくまでかなちゃんの「弟分」としてのカツミに徹しているこの場面は、自分自身の感情と戦いながら成長していく途中の場面として位置づけることができる。

*

その完成として位置づけることが出来る場面が、竜舌蘭のシーンである。

かなちゃんが喜界島を去った後、カツミが海岸通りの下浜へ行ったときのことであった。竜舌蘭は、常緑多年草の植物で、葉は剣状で肉が厚いことが特徴である。そのため、葉に傷を付けることができる。しかも、六十年に一度の開花と言われるほど竜舌蘭は寿命が長いため、その葉の傷はほぼ永久的に消えないという。かなちゃんは、この竜舌蘭の葉に傷を付け、よく落書きをしていた。そんな竜舌蘭の葉に、カツミはあるものを見つけたのだ。

僕は竜舌蘭の株に近づき、肉厚の葉をのぞきこんでみた。

すぐに、かなちゃんの字と分かる落書きが目にとびこんだ。

神田さん好き　加那子

落書の文字はこう読みとれた。

ほかにないかと思って、葉をのぞきこんでいくと、十枚ばかりの葉に同じ文句が記されていた。

カツミはここで初めて、かなちゃんの本当の気持ちに直に触れた。今まで、神田さんに対する態度とカツミに対する態度とでは歴然とした差があり、カツミも肌で感じていたことだろう。しかし、カツミはこの文字を見ながら、〈僕は切なくなって、しばらく、落書の文字を指でなぞっていた。〉のである。しかし、なぜカツミは切なくなったのか。仮にも、自分の恋の相手であるかなちゃんが、自分でない人に対して「好き」と言っているのである。それにも関わらず、カツミ自身から嫉妬も怒りの感情も見えない。

この疑問に答えるには、時代背景を考える必要があろう。

一九四五年八月に日本は敗戦を迎えた。作者が喜界島を離れたのは、一九四一年（昭和十六年）、十五歳のときだ。カツミの年齢がかなちゃんと近いことを考えると、喜界島でカツミがかなちゃんや神田さんと過ごしていた時期は、丁度、日本が戦争激化の一途を辿ろうとしていた時期と重なってくる。この「戦争」という暗い影は、若者の自由であるはずの恋愛にまで垂れこめていたのかもしれない。「戦争」という一般国民が抗うことのできないものによって、恐らくカツミを含む誰もが、誰の恋も叶えられないことを悟っていたのではないだろうか。なぜ、かなちゃんが竜舌蘭の葉に文字を記したのか、その本当の意味はわからない。ただ、少なくとも「戦争」が、かなちゃんにとって足枷になったことは間違いないことだろう。その、伝えられない「切なさ」のようなものを、同時代に懸命に生きようとするカツミだからこそ感じ取ったのかもしれない。

しかし、カツミが、かなちゃんの言葉に「切ない」感情を持ったのはそれだけではない。かなちゃんが神田さんに恋をしていたように、カツミもかなちゃんに恋をしていた。かなちゃんが「戦争」によって想いを伝えられないのなら、カツミもまたそうであろう。よくよく考えてみれば、〈神田さん好き　加那子〉という言葉は、「かなちゃん好き　カツミ」と置き換えることができる。恐らく、かなちゃんもカツミも、想いを伝えられないもどかしさや、叶えられないとわかっている切なさを抱え、「戦争」が引き起こす別れを予感していたに違いない。そうであるからこそ、「切ない」感情こそ込みあげても、嫉妬や怒りの感情は少しも湧きあがってこなかったのであろう。

ここには、好きな人の切ない感情を自分に置き換え、ともに「切なさ」を共有しようとするカツミの姿が見て取れる。これはまさに、「性」の目覚めから「おとな」へと成長する過程を経て、ひとりの「男」として育った結果であるともいえる。つまり、神田さんとかなちゃんの関係を傍で見守ることを通して、「嫉妬心」と「相手の幸せを思う心」の狭間で揺れる経験した。そして、一人の「おとな」として、愛する人の感情を共有することができる「男」へと大きく変身したということである。この竜舌蘭の場面は、カツミが、かなちゃんの「弟分」から、かなちゃんという一人の女性を想う「男」へと大きく飛躍した、その最たるものとして位置づけることができよう。

「男」への成長を裏付けるものとして、もう一つ取り上げたい場面がある。それは、神田さんからの葉書がカツミのもとに届くシーンだ。ここで神田さんは、かなちゃんが突然訪ねて来て、一緒に関西方面の名所旧蹟を見て歩いたという報告をしている。この手紙の内容に、カツミは〈かなちゃんらしい〉と思わず笑ってしまうのだ。これは、カツミがかなちゃんと神田さんを広い心で受け入れている証拠であり、形は違うけれどもどカツミにとって大事な人たちであるということを示しているのではないかと思われる。

カツミの恋やかなちゃんの恋がどのような結末を迎えたのかについて最後に触れたい。神田さんは、輸送船に乗船中に、フィリピン沖でアメリカの猛撃を受けて戦死した。かなちゃんは、「ひめゆりの塔」で知られているひめゆり学徒隊の女学生の一人として、負傷兵看護に従事しているなか、追い詰められて自害したそうだ。

竜舌蘭の葉に刻まれた、「好き」という気持ちが、届くことはやはりなかったのである。それは、カツミもまた同じことだ。ただ、そこに刻まれた気持ちだけがひっそりと寂しく残り続ける。「戦争」が引き起こした悲しすぎる余韻が、この物語を単なる恋愛ものとして読ませない鍵となっていると言えるだろう。

＊

恋愛とは、人を大きく成長させるものでもあり、時として駄目にしてしまうものでもあるかもしれない。カツミは、かなちゃんという異性、神田さんという同性を介しながら、自分自身の成長へと繋げることが出来た。かなちゃんという存在に「おとなの女」を感じ、本当の「性」に目覚めるところから始まり、キスという身体的触れあいにおける快楽からより「おとな」へと成長する。そして、神田さんの登場により「嫉妬」と「相手の幸せを思う気持ち」の狭間で揺れ、読者に対して一層リアリティを持った若者へと変化していく。そのなかで、かなちゃんの想いに共感しながら、ともに「せつなさ」を噛みしめることができる「男」へと大きく羽ばたいていく。まさしく、この作品は「性」という観点から見た「男」への成長の物語といえるだろう。

ビンの中の世界と現実の世界──「待ちぼうけの人生」

萩野恭子

あらすじ

この物語は、島の住人である山城太一さんの、不幸とも幸福ともよべぬ三十余年に及ぶ漂流ビン探しのお話である。太一さんは十八歳のとき、二本の漂流ビンを拾った。そしてその半年後、再び同じ人物からだと思われる漂流ビンを拾う。ビンを流したと思われる少女の面影を探し続ける太一さんと、それを見守るカツミたち赤連海岸通りの人々。はたして太一さんの人生は幸福だったのだろうか、それとも不幸だったのであろうか。このお話はビンの中の世界と現実の世界の中で生きる、太一さんの物語である。

＊

太一さんは物語の中で、二度漂流ビンを拾っている。それぞれどのような状況で拾い、どのような感情を抱いたのか、まず確認してみよう。ひとつめの漂流ビンを拾ったのは十八歳のときである。ある春の日に、いつものように海岸の漂流物拾いをしていると、磯と磯のあいだのせまい海面に、小ビンが浮かんでいるのを発見する。ビンは、長く漂流していたらしく、海草や貝が付着していた。太一さんが拾った漂流ビンの中には、便箋一枚と、手札型の写真が入っていた。便箋には何行かのローマ字の文章が書き連ねてあり、太一さんには読めそうになかった。写真には、十七歳くらいの、まことに気品にみちた少女の上半身が写っている。太一さんは、一刻も早く手紙の内容が知りたくなり、赤連海岸通りで唯一この横文字の文章が読めそうなふじや旅館のフジナミさんの元へ向かった。

＊

ビンを拾う時のようすは、物語のなかでとても細かく描写されていて、〈拾う〉という行為がかなり重要な行為であることが理解できる。太一さんが拾った漂流ビンには、便箋一枚と、手札型の写真が入っていた。その便箋の文章と同封されていた写真の人物（少女）に注目してみよう。〈お願い！　私を助け出しに来て！　助け出して下さったら私は生涯あなたに仕えます。あっ、足音が……見張りの者が来たようです。住所はこの次……〉

一見、本当に助けを求めているように見える文章だが、作為的に感じられる箇所がいくつか見られる。そのひとつが、助けを求めているにも関わらず条件を提示していること、もうひとつは、助けを求める手紙にしては悠長すぎること、である。つまり、少女にはヒロイン願望があり、閉じ込められ助けを求めている少女を演じているのではないかと推測される。〈わたしは生涯あなたに仕えます〉という表現から、彼女には結婚願望があるのではないだろうか。思わせぶりな文章の書き方から見て、この手紙を拾った人に対して、なにかたくらみがあるようにも思える。思わせぶりで誘惑的な手紙文であろう。

〈それにしても、この写真の女の子は、美人だなあ。映画女優かも知れないよ。顔立ちから見ると、日本人じゃないよ。フィリッピンには、西洋人との混血が多いから、そのあたりの見当だね。〉――写真を見たフジナミさんの感想だ。

ビンに写真を同封する行為にはどのような意味があるのだろうか。自分を認識してほしいという欲求の現れではないか。つまり、写真の人物は自己誇示欲の強い人物である可能性が高い。フィリピンはかつてスペインの植民地であり、フジナミさんがいうように写真の少女は〈フィリッピン〉と〈西洋人〉との混血なのかもしれない。また、同封されていた写真の状態から見て、ビンが喜界島に到着するまでかなりの歳月がかかったと見てよい。住所や名前が書かれていないため、太一さんを含め、おそらく手紙を読んだだけではすぐに少女を助けるという行動に出ることは不可能に近い。この一連の漂流ビン騒動は、ローカル紙の「喜界新報」が記事にしてくれた。太一さんは一時期、話題の人になった。

半年後に太一さんは再び漂流ビンを拾うことになる。二本目の漂流ビンにも、便箋と写真が入っていた。

〈お願い！私を助けて下さい。私をこの家から連れだして下さい。私は自由になりたいのです。これまで私が流した二十一本のビンの手紙は、だれの手に渡ることもなく、太平洋をさまよって

いるのかしら。神さま、どうぞ、この手紙が勇気のある方とめぐり逢えますよう、神の祝福を私にお与え下さいませ。〉

ひとつめの手紙よりも脱出の願望が高まっているように思える。しかしここでまたある疑問が持ち上がる。家に閉じこめられ、見張られている少女が、二十一本ものビンを怪しまれずに集めることは可能なのだろうか。助けを求める手紙にしては余裕があるように思える。手紙には住所らしい一行は書いてあったが、ビンの中に少量の海水が入ったらしく、インクが流れて判読できない。それにしても、都合よく末尾の住所氏名の一行だけが判読できなくなるものなのか。不可解な点が多い手紙である。

この二本目のビンを拾うことで、太一さんに大きな変化が起きる。それは偶然とも思えるこの出会いに〈運命〉を感じてしまったからである。二十一本という数も、冷静にみれば沢山流したというアピールのように見えて嘘くさいが、太一さんにとってそれは嘘ではなく、高い確率でさらに運命を引き寄せる数となる。

〈カツミよ、おまえはどう思う？　おなじ人が流した手紙を、わんは二度も拾ったんだよ。一度だけならわんもこんな思いつめることはなかったと思うよ。二度も、わんの手に手紙が届いたってことは、写真の娘さんを助けるのはお前しかいない、おまえは命がけで娘さんを助けてあげなさい――という神さまの思召のように思えたんだ〉

遥か遠くのフィリピンから漂着したビンを、二度も自分が拾ったことに対して運命を感じてしまうのは、当然といえば当然なのかもしれない。盲気の浮木優曇華の花——海洋を漂う小さなビンを偶然にひろうことの確率は非常に低いといえる。太一さんの人生を決定的に狂わせた二回目の漂流ビンの手紙——同じ人物からの手紙を、それも助けを求める異国の美少女からの通信文を二度も受け取ってしまったことで、純粋な太一さんは、写真の少女を助けるのは自分しかいないと思い込み、それを神さまの思召、運命であると思ってしまった。こうした思い込みが、十八歳の少年の英雄願望（自分が助け出さなければならないという使命感）に直接結びついたのは、想像に難くない。

＊

太一さんの人生を狂わせるきっかけをつくった少女。彼女は一体どのような人間で、少女の手紙には、一体どのような意味が込められていたのだろうか。少女と手紙について考察してみよう。

そもそも助けを求めているこの手紙の少女は本当に救われたいと思っているのだろうか。誰の手に渡るのか、また誰の手にも渡らないかもしれない手紙をビンに入れて海に流すという行為は、どこかに幽閉され、人に助けを求めることが出来ず、あるかないかもわからない奇跡のような偶然にすがるほど、危険な状況におかれ肉体的あるいは心理的に追い詰められている状態である。確かに一回目の手紙と二回目の手紙の前半部からは、助けて出して欲しいという意思が強く感じられる。が、手紙の後半部から助け出して欲しいという痛切な思いや、手紙の主が切羽詰まっているようすはまったく感じられない。本当に助けを求めるほど危機的状況ならば、手紙の行方を心配する文章を手紙に書くような余裕はないはずであろう。

また、誰に拾われるかもわからない手紙を出す場合、近くの人に拾われることを想定していたとしても、文面に国名、住所、名前の何れか一つは書くのではないだろうか。写真を同封しているものの、彼女が家に閉じ込められており、家に居る人に助けを求めることが出来ない状況であると考えると、家の人以外に手紙の主の容貌や存在を知らない可能性が高く、近くの人間であったとしても国名、住所、名前もわからず写真だけで手紙の主を探し出すのは不可能に近い。漂流ビンの手紙には不自然な点が多く、フジナミさんも指摘するように、この少女の〈いたずら〉である可能性もあるだろう。

フジナミさんは、手紙がいたずらだと思う理由として、〈一回目の手紙の、見張りの者が来たから住所はこの次に……という書き方〉や、〈二回目の手紙も、ロマンチックな女の子の作文みたい〉だという二点を挙げ、〈とっても頭のいい、空想癖のある女の子が、自分を悲劇のヒロインに仕立てて、救助をもとめた〉いたずらの手紙ではないかと推測している。

それ以外の可能性としては、写真の少女ではない人間が手紙を書いた可能性や、本当に幽閉されている可能性など、様々な可能性を挙げることができる。

＊

カツミは、自分が島を出る前の晩、ついに太一さんにずっと言いたかった話題に触れる。

僕は頃合をみて問いかけた。

「太一さんがビンの手紙を拾ってから、三十年たつんだよね」
「そうだよ」
「三十年というと――あの写真の女の子も、五十ちかいオバサンになっているってわけだ」
「年勘定でいくとそうなんだが……わんの頭の中の彼女は、写真のままの顔なんだよ」
「だけど、彼女も人間なんだから、年もとるし成長もすると思うんだけど」
「それが、わんの頭の中の彼女は、年もとらなければ成長もしないんだよ」

会話文を読むと、カツミと太一さんの間には、少女に対して認識に大きな違いがある。カツミにとって少女とは、時が過ぎた今、もはや少女でなく五十ちかいオバサンであり、年もとれば成長もする、実在する生きた人間である。だが、太一さんにとってはそうではない。太一さんにとって少女はいつまで経っても〈わんの頭の中の彼女〉であり、写真のままの顔であり、年もとらなければ成長もしない永遠の美少女なのである。実在する生きた人間ではなく、記憶やイメージの中の架空／非実在の存在に近いのだ。太一さんの頭の中の彼女は、美少女であり、五十ちかいオバサンなどでは決してない。

そのように考える太一さんに、カツミは〈二回目の手紙のあと、連絡がないのは、女の子の環境がかわって、監視がとかれたとか、結婚したとか、病気で死んだとかいうことは、考えられないの?〉という。この発言は、既に死んでいるかもしれない非在の少女に、これ以上太一さんの人生を無駄にさせるべきではないと考えた結果だが、カツミのこの発言に太一さんは瞼にいっぱいに涙をあふれさせて、さけぶように答える。

〈わんも、何回も、いや何十回も考えたさ。だが、わんは彼女から二回も、二回もだよ、救助を求められたんだよ。カツミなら同じ人が流した手紙が、同じ人に拾われるってことが、どんなに奇跡的なことか分かるだろう。彼女は今もわんの心の中で生きているし、助けにきてくれと、叫びつづけているんだ。その助けを求める声が、はっきり聞こえるんだよ。わんだって、やめられるもんならやめたいよ。だが、やめられないんだよ〉

それは二度も手紙を拾ってしまったがゆえに人生を狂わされた太一さんの叫びだった。やめられるなら、やめたい。だが、やめられない。助けにきてくれと叫びつづける心の中で生き続けている少女。助けを求める心の中の少女を、裏切ったり忘れたりすることができない。ここに太一さんの子どものような純粋さと優しさをみることができよう。太一さんの叫びに言葉を失うカツミは、太一さんは太一さんでしっかり考えていたことを知り、自分のおせっかいを恥ずかしく思う。そして幻の少女に縛られている太一さんが、この先、ビンの中の世界から自由になることがないと確信する。

＊

山城太一は一体どのような人物なのだろうか。

インテリの磯さんは、太一さんのことを、〈大人になりきれない少年〉という。身体的には大人であるが、精神的に少年の部分を多く持っているという。少年の部分とは、周りをよく見ることができないかなり頑なな自己中心的な部分でもある。少年の心をもっていることは、太一さんの美徳的・純粋的な部分からも窺える。磯さんは〈大人になりきれない少年〉と表現するが、島の人たちは太一さんのことを変人であると口をそろえて言う。本文には、〈一つのことに執着して、そのことから逃げられないままに、人生を終わってしまいそうに見えるからである。〉とある。この箇所は、一つの物事に執着してしまうと、それだけしか見られなくなり、その一つの物事に気を取られたまま、生きていくことになるので、周囲の人から見れば、人生を棒に振っているように見えるのである。太一さんはそれほど一途な人間なのだ。

＊

カツミや赤連海岸通りの人々は、変わり者の太一さんのことをどのように思っていたのだろうか。カツミは、〈わんの人生、一度もいいことがなかった〉という太一さんのぼやきに唯一つきあう島の住人である。二度目の漂流ビンを拾った太一さんは、その後、ずっと漂流ビンを探し続けている。カツミは、三十年もの間、腰を曲げて漂流物を見続けた結果、腰が曲がって年齢よりも老けて見える太一さんの姿を見て、胸を痛めている。また、ふじや旅館のフジナミさんは、太一さんが拾った手紙は、あの写真の女の子のいたずらであると推測し、今も少女の流した漂流ビンを探し続ける太一さんを気の毒に思っている。そして赤連海岸通りの人々も幻の少女に囚われ続ける太一さんのことを気の毒に思っている。

はたして漂流ビンを拾ったことが太一さんにとって〈不幸〉であるのか〈幸福〉であるのか。

フジナミさん、磯さん、僕（カツミ）の三人の発言を見てみよう。

フジナミさんは、漂流ビンを拾ったのは〈不幸〉であるという。赤連海岸通りのインテリ磯さんは〈幸福〉であるという。そして、僕（カツミ）は、〈幸福〉でもあり〈不幸〉でもあるという。では、太一さん自身はどう思っているのだろうか。――〈わんの人生、一度もいいことがなかった〉――太一さんのこの言葉を額面通りに受け取れば、太一さんは、ビンを拾ったことを不幸だと感じているということであろう。漂流ビンに執着してしまった太一さんは、その後の人生を不幸だと感じている。太一さん自身がそのように言うなら確かにそうなのかもしれない。しかしはたしてそうとのみ言えるだろうか。

「待ちぼうけの人生」には、漂流ビン探しをやめることのできない太一さんの苦しみ、太一さんに対するカツミの苦しみ、フジナミさんの太一さんへの同情も含めた苦しみ。さまざまな人々の苦しみが交錯する。太一さんの一生は不幸であったのか幸福であったのか。思うに十八歳で止まったままのセピア色の過去の時間がどうして不幸だと言えるのだろうか。時間に振り回されている現代社会の中で、わたしたちはもはやそうした止まった時間さえも持つことができない。作品を読めば読むほど、過去の時間を生きる太一さんにあの少女との出会いが少しでも幸せだと思える日が増えればいいという気持ちになる。「待ちぼうけの人生」は、少なくともこのように思わせる作品である。

流人の島――「春になれば……」

岩本真澄

あらすじ

カツミは友人に誘われ、海岸へ渡り鳥釣りに出かけた。そのときヒステリックな声で、一人の女性が近づいてきた。〈胸の病〉に罹り転地療養のため鹿児島から喜界島にきていた八重子である。八重子は死んだ浜千鳥を両手でつつみ〈わたしみたい…〉とぽつりと呟く。そして喜界島に流されてきた僧俊寛のことを語り始めた。

後日、カツミは八重子のもとに宝貝を持って行くことになった。鹿児島にいる六歳の娘（綾子）に送ってやるのだという。娘から返信があった。そこには〈春になったら、わたしがお父さんと一緒に、迎えに行くからね〉と書いてあった。

十二月初旬。八重子の夫に召集令状が届いた。八重子は下関で面会するため、喜界島から汽船で鹿児島に向かい汽車で下関まで向かおうとする。しかし、海が時化、鹿児島行の汽船は欠航。五日後に入港する汽船に乗れば、面会日に間に合うため海が凪ぐことを願っていたが、凪ぐことはなかった。夫の無事を祈る八重子は、カツミに与謝野晶子の「君死にたまふことなかれ」を朗読し〈あなた、死んじゃ駄目よ！〉と強く言い放つ。八重子は夫に会えないまま、そして娘にも会えないまま、年が明けた二月、春を待たずに、二十七歳という若さで死んだ。

＊

浜千鳥

青い月夜の浜辺には
親を探して鳴く鳥が
波の国から生まれ出る
濡れた翼の銀の色

夜鳴く鳥の悲しさは
親をたずねて海こえて
月夜の国へ消えてゆく
銀のつばさの浜千鳥

童謡「浜千鳥」(作詞鹿島鳴秋、作曲広田龍太郎)は、大正八年に発表され、その後多くの人々に愛唱されている。この童謡は生まれたばかりの浜千鳥が、親千鳥を探して歩き回るという親探しの歌で、背後に、悲しくもさびしい幻想的な月の光に照らし出された海と浜辺の光景が広がる。

生れてすぐにはじまる親探し。それはまるで六歳で母八重子を亡くした綾子そのものだ。また、琉球舞踊に「浜千鳥」という踊りがある。琉球舞踊は発生した時代で大きく三つの種類に分けられ、中国や薩摩からの来賓をもてなすためにできた「古典舞踊」や「組踊り」、商業演劇のなかで生まれた「雑踊り」、次いで戦後に生まれた「創作舞踊」の三種類がある。「浜千鳥」はこの中の「雑踊り」に分類される。

旅や浜宿り 草の葉の枕
寝ても忘らぬ 我親の御側
千鳥や浜居てぃチュイチュイナー
（旅は浜に宿をし、草の葉の枕
寝ても忘れられない私の親のお側
千鳥よ浜に居てチュイチュイと鳴いている）

旅宿の寝覚め 枕欹てて
覚出しゅさ昔 夜半のつらさ
千鳥や浜居てぃチュイチュイナー
（旅宿での目覚め枕をかたむけて
思い出すさ昔を夜半のつらさ

千鳥よ浜に居てチュイチュイと鳴いている)

渡海や隔めても照る月や一つ
あまん眺めゆら今宵の空や
千鳥や浜居てぃチュイチュイナー
(海を隔てていても照る月はひとつ
あのかたも眺めているだろう今日の空を
千鳥よ浜に居てチュイチュイと鳴いている)

遠くふるさとを離れた旅人が草を枕に故郷に残した家族やいとしい人のことを偲ぶ望郷の心情を歌ったものだ。浜を駆け回るチドリにみずからの心情を重ねたのだろうか。くりかえされる〈千鳥《チジュヤー》や浜居《はまい》てぃチュイチュイナー〉のフレーズにひときわ哀感が漂う。

これら二つの「浜千鳥」の世界を「春になれば……」に当てはめてみれば、童謡「浜千鳥」は母親にはぐれた綾子の立場から親を歌ったもので、琉球舞踊の「浜千鳥」は娘の住む鹿児島から離れ、喜界島で療養生活を送る八重子の立場から歌ったものだと見なしてよい。八重子が浜千鳥を掌につつみ〈わたしみたい…〉と呟いた言葉には、かの地を離れ、越冬するために渡ってきたこの地で命を絶たれた浜千鳥と、健康をとりもどして家族の許へ帰ろうと願う八重子の姿が重なって見える。

＊

〈八重子さんのご主人は、東京帝大出身の技術者で、横須賀の造船所につとめている人なんだよ。ご主人の実家が、家風のきびしい旧家のため、ご主人の両親と折り合いをつけるのが大変みたいだよ。胸の病は初期ということだが、娘さんに感染することを恐れた夫の両親が、気候のいい喜界島で療養してきなさいと送り出したということらしいよ。この冬をすごしたら帰ってきてもいいという約束らしいが、まあていのいい隔離だね。〉――磯さんの言葉である。カツミの母によると、八重子は身を寄せている「ふじや旅館」の女将さん（実母）と亡くなった前夫との間の子どもだったようで、女将さんが喜界島にいるフジナミさんと再婚して喜界島に移住したため、鹿児島の母の実家に預けられていたという。しかし磯さんの言葉にもあるように、結婚後、夫の実家との折り合いが悪くなり、病気を理由に島に療養に来たらしい。しかし実際は態のいい隔離だという。その姿は謡曲「鬼界ヶ島」の僧俊寛に重なる。謡曲「鬼界ヶ島」を見てみよう。

〈頼むぞよ頼もしくて待てよ待てよと言ふ声も姿も次第に遠ざかる沖つ波の幽かなる声絶えて舟影も人影も消えて見えずなりにけり跡消えて見えずなりにけり〉――かの有名な終盤の場面。俊寛は平安時代の僧侶で、後白河法皇の近臣として権勢をふるった。一一七七年（治承五年）に藤原成親らとともに鹿ケ谷で平家打倒を企て逮捕され、成親の子の成経、平康頼らと鬼界ヶ島に流罪になった。ある時、京の都から島に使者がやってくる。その知らせをいちはやく聞きつけた俊寛は、赦免の知らせではないかと使者のもとへ出向き都からの手紙を受け取った。俊寛の思った通り罪を赦すという内容が書かれていた。しかし、どこを見回してもその文に「俊寛」という文字はない。成経、康頼に見てもらっても「俊寛」の文字はない。結局、俊寛は一人鬼界ヶ島に取り残されることになった。「都に戻ったら、あなたが都に戻れるよう頼んでみます」――船上からそう言う成経、康頼を乗せて京の都へ帰っていく船を俊寛は浜辺で見送り続ける。俊寛は成経が言ったようにいつか自分も赦されるときが来るだろうと京の都に思いを馳せながら赦免の船を待ち続けた。しかしとうとうその船は現れず、彼は鬼界ヶ島で一生を終えることとなる。

謡曲「鬼界ヶ島」のあらすじを追っていくと、俊寛と八重子には共通点が多々あるように思われる。まずは、八重子が俊寛と同様に不本意のうちに喜界島にやってきたことである。俊寛の場合は謀反を企てた主犯として捕らえられ、「このまま都に置いておくとまた平家打倒を企てるかもしれない」という危惧と、平家にたてつこうとした罰として喜界島に流刑となった。一方八重子は、夫の両親と折り合いが悪く「胸の病い」を理由に喜界島に追い払われた。八重子と俊寛は追い払った側からするとどちらも「厄介者」であった。

また、八重子も俊寛も「都に帰れるかもしれない」「夫や娘に会えるかもしれない」という期待を打ち砕かれ、「いつかは許され、都に帰れる日が来るはずだ」「春になれば帰る事ができる」という希望も叶うことなく喜界島で生涯を終えることになった。時化で上り汽船が欠航になった時の八重子の思いは、謡曲「鬼界ヶ島」の俊寛の思いと同じであっただろう。渡り鳥釣りの場面で釣られて死んだ浜千鳥を〈わたしみたい…〉と語ったように、彼女は帰る場所を永遠に閉ざされた俊寛そのものなのである。

＊

いったい「春になれば……」は読者に何を伝えたかったのだろうか。戦争に翻弄されていくさまざまな人間模様を伝えたかったのかもしれない。それは、八重子が美しい声で朗読した「君死にたまふことなかれ」に象徴されているようにも思われる。この詩は近代を代表する女流歌人与謝野晶子が日露戦争の旅順攻囲戦に召集され戦地に向かった弟に送った詩である。

君死にたまふことなかれ
末に生まれし君なれば
親のなさけはまさりしも
親は刃をにぎらせて
人を殺せとをしへしや
人を殺して死ねよとて
二十四までをそだてしや

すめらみことは戦ひに
おほみずから出でまさね

かたみに人の血を流し
獣の道で死ねよとは
死ぬるを人のほまれとは
おほみこころのふかければ
もとよりいかで思されむ

戦時下の日本は、「一億総玉砕」のスローガンのもと、詩句に見られるように、兵隊は〈死ぬるを人のほまれ〉と教育され、戦地に赴き、その大半が命令一下命を落とした。「戦地に赴きお国の為に死ぬことが名誉」と言っておきながら、受け継がれてきた家系は途絶え、多くの戦争未亡人や戦争孤児を生み出し、国家はその後何の責任も取らない。

八重子が朗読した詩句は、戦争を真っ向から否定している箇所である。綾子のように母親が病死し、父親も「国の為に死ぬことが名誉」という軍国主義的名誉観で戦場に駆り出され、後に残された子どもはその後どう生きて行けばいいのだろうか。「君死にたまふことなかれ」を読むと、戦争によって人生そのものを狂わされてしまうさまざまな人間の姿が見え隠れしているように思える。

童謡「浜千鳥」は子どもの立場から歌われたものであった。浜千鳥を母を亡くした綾子と見るなら、この後の綾子はどのような運命を辿るのだろうか。母は病に倒れ、父は戦地に赴いた。綾子は六歳である。そばに父方の祖父母がいるにしても六歳の子どもにとって両親の不在は心細いものであろう。作品には戦地に赴いた父がその後どうなったか書かれていないが（戦死したのかもしれない）、綾子はその後どのように生きたのだろうか。戦争は何も生まない。むしろ、負の遺産しかのこさない。「君死にたまふことなかれ」はこうした家族の行く末を考えさせられる一篇でもある。

＊

作中に現れる外国文学と本作品との関わりについて少し述べておこう。

本文中に「宝島」「トム・ソーヤの冒険」「嵐が丘」「アンナカレーニナ」等の外国文学の記述が見られる。これらの文学作品もこの物語と何らかの関係をもっていないだろうか。関係していなくても、「春になれば……」を読み解くための何らかのヒントを提供してはいないだろうか。

「嵐が丘」と「アンナカレーニナ」を見てみよう。「嵐が丘」は一八四七年にイギリスの女性作家エミリー・ブロンデが男性名エリス・ベルという名で発表した長編の作品。人里離れた田舎にある「嵐が丘」という家に拾われてきたヒースクリフという男の復讐を主に描いた物語である。ヒースクリフはもともと身寄りのない子どもで、「嵐が丘」に住むアーンショー夫妻が彼のことを哀れに思い家に連れて帰った。アーンショー夫妻にはヒンドリーとキャサリンの二人の子どもがいた。アーンショー夫妻はヒースクリフをとても可愛がり、ヒースクリフは娘のキャサリンとも親しくなる。しかし息子のヒンドリーはヒースクリフと仲が悪かった。そして父のアーンショー亡き後、ヒンドリーはヒースクリフを下働きにしてしまう。

ヒースクリフとキャサリンはお互いに惹かれあっていた。ある日、彼らは「スラッシュクロス」の住民と出会う。そこに住む人々は上流階級の優雅な暮らしをしており、その暮らしを目にしたキャサリンは上流階級の暮らしに憧れるようになった。キャサリンはヒースクリフを想いながらも「スラッシュクロス」の住民であるエドガーの求婚を受け入れる。ショックを受けたヒースクリフはキャサリンの前から姿を消した。

数年後、ヒースクリフは裕福な紳士になり「嵐が丘」に戻ってきた。そして自分を貶めたヒンドリーやエドガー、さらには自分を裏切ったキャサリンやその子孫に次々と復讐を始める。

あらすじからみると、ヒースクリフが引き取られた先で虐待を受けることと八重子が夫の実家との折り合いが悪く喜界島に追いやられることの他に「嵐が丘」と八重子の境遇に共通点はない。ただ、細部については今後仔細に検討する余地はありそうである。

次に、「アンナカレーニナ」と「春になれば……」の共通点を見ていこう。「アンナカレーニナ」はロシアの小説家トルストイの小説で主人公アンナの壮絶な恋愛模様を書いた小説だ。トルストイ文学の特徴はあらゆる秩序を批判し、暴力を否定し、トルストイ主義と呼ばれるキリスト教的な人間愛と道徳的自己完成を説いたところにあると言われる。

アンナは政府高官カレーニンの妻であった。あるとき、モスクワの駅で若い貴族の将校ヴロンスキーと出会い、恋に陥った。一方、アンナの兄嫁の妹キティはヴロンスキーとの結婚を夢見ていた。しかし、キティはヴロンスキーに無視され、病気になってしまう。アンナは夫と幼い一人息子・セリョージャが待っているペテルブルクへ帰るが、アンナに思いを寄せるヴロンスキーはアンナを追ってペテルブルクへやってくる。アンナとヴロンスキーの仲は急速に深まり、アンナは、ヴロンスキーの子どもを産む。しかし夫のカレーニンは彼女を許した。この寛大な夫の態度を見たヴロンスキーはアンナがカレーニンとよりを戻すのではないかと思い、彼女を失うことに絶望してピストル自殺を図った。しかし未遂に終わる。

ヴロンスキーはアンナと別れるため地方へ転勤しようとする。しかし、アンナとカレーニンが離婚しそうだという噂を聞きつけると早々に退役して、アンナを連れて駆け落ちした。ただ、アンナとヴロンスキーに対する周囲の目は冷たく、今までのように社交界に出入りできなくなっていた。またカレーニンとの離婚話は一人息子を奪われるというアンナの恐れなどの事情でなかなか進まない。自らの境遇に不満なアンナと領地の経営に熱中するヴロンスキーはしだいに気持ちがすれ違ってくる。そしてアンナはヴロンスキーが外出するたびに他の女性の所へ通っているのではないかとヴロンスキーの浮気を疑い出した。浮気の妄想に取りつかれたアンナは死によって救われるしかないと感じるようになりついに列車に身を投げ死んでしまう。生きる目的を見失ったヴロンスキーは、私費を投じて義勇軍を編成しトルコとの戦争に赴いた。

このストーリーと「春になれば……」の内容もさほど共通点はない。しかし小説の結末でヴロンスキーが私費を投じて義勇軍を編成しトルコとの戦争に赴く場面と、八重子の夫が戦争に赴くという場面は一致していて興味深い。ちなみにトルストイは二歳のころに母親を、九歳の時に父親も亡くしている。

＊

喜界島は太平洋戦争後期、特攻隊の飛行機が九州から飛び立ち敵艦に向かうまでの給油・整備をするための中間地点であった。隊員は島の指示所で最終的な作戦の決行指示をうけ、明け方敵艦に向けて島から飛び立った。現在、この作戦を受けたとされる戦闘指揮所と戦闘機を格納・整備したといわれる掩体豪を見ることができる。また島には、国土防衛の最前基地も設置され、米軍が沖縄に上陸した後は戦争遂行上の最重要戦略基地として連日連夜にわたって米軍機の猛爆撃を受けた。

島の総面積五六・九三平方キロメートル。地質学上は地殻変動により上昇した隆起珊瑚礁の島で、珊瑚礁は今でも年間二ミリずつ上昇しているという。人口は二〇一四年十一月現在で七、四三七人。平均気温二〇度以上の月が四ヶ月から十一ヶ月もある亜熱帯気候の温暖な島である。

こうした歴史と風土のなかから「春になれば……」という悲しい作品は生み出されたのである。そこには浜千鳥と化した八重子の姿と都に帰れなかった僧俊寛の姿が、青い月に照らされていつまでも波間に漂っているように思える。

郵　便　は　が　き

料金受取人払郵便

福岡中央局
承　認

59

差出有効期間
2024年6月
30日まで

（切手不要）

810-8790

156

福岡市中央区大名
二―二―四三
ELK大名ビル三〇一

弦書房

読者サービス係　行

通信欄

年　　月　　日

このはがきを、小社への通信あるいは小社刊行物の注文にご利用下さい。より早くより確実に入手できます。

お名前

（　　歳）

ご住所

〒

電話

ご職業

お求めになった本のタイトル

ご希望のテーマ・企画

●購入申込書

※直接ご注文（直送）の場合、現品到着後、お振込みください。
送料無料（ただし、1,000円未満の場合は送料250円を申し受けます）

書名	冊
書名	冊
書名	冊

風と希望が導いた小さな奇跡——「三人の娘」

梅野馨菜

あらすじ

島の住民である肥後さとさんの娘三姉妹（千鶴・葉子・波江）が、ヤマトからやって来た男性と相次いで出奔し、月日が経ってそれぞれ成功した姿で再び島に戻ってくるというお話である。肥後家の三姉妹は容姿端麗で縁談話が絶えない赤連海岸通りの人気者だった。しかし出奔をきっかけに周囲から非難の対象とされてしまう。出奔に至るまでの、島民とヤマトからやって来た者との交流が、当時の様々な問題をあぶり出す。一部始終を見届けたさとさん、厳しい決断をした娘たち、その親子の絆が描かれる。

＊

この作品では、人と人との出会いや繋がりが多く描かれている。そのきっかけを作っていたのが奥田旅館という空間である。地方の行商人たちが運んでくるヤマトの匂いや風を感じられる場所で、常に新しいものに触れることができ、赤連海岸通りの子どもたちは奥田旅館にとても惹かれていた。肥後家の三姉妹もカツミももちろんその空気に触れ、子どもながらヤマトへの憧れを持つ。この奥田旅館を営んでいるのが奥田ばあさんである。彼女は和歌山県の出身で、喜界島へは旦那さんの用事で訪れ、島の自然と人情に惹かれて住みついた。なぜ旅館業を営むことになったかについて文中に言及はないが、よそから移り住んだ経験から交流の懸け橋のような役割を担うことができたり、本土から様々な情報を取り入れることもできたりとメリットが多かったことが考えられる。奥田ばあさんは慈悲心があり面倒見が良かったので、同じ地方出身の旅人たちを積極的に受け入れる受け皿として、持ち前の美徳を発揮できる絶好の空間を作り出したことになる。

その閉鎖性ゆえ、島では、よそ者を受け入れることにあまり好意的ではなかったことを考えると、彼女も住み始めの頃は色々と苦労することが多かったはずだ。それでも受け入れてもらえたのは、島の人々が奥田ばあさんの心の広さや優しさに触れ、島への愛情を認めたということなのだろう。幼い頃の三姉妹は、さとさんが働いている間、奥田旅館に預けられていたこともあり、奥田ばあさんに実の祖母のように甘え、慕っている。奥田ばあさんは三姉妹のことをよく知る人の一人であった。

*

事件は朝鮮人の李さんが喜界島に訪れたことから始まる。彼は全国を旅している行商人の一人で毎年喜界島に来ているが、なぜ毎年遠い喜界島に来ていたのだろうか。飴売りという商売の景気が良かったこともあるだろう。奄美の黒糖飴は有名だが、ヤマトの行商人が持って来る飴はヤマトにしかない貴重な飴であった。その分、喜界島での売れ行きは良かったのだろう。

李さんは柔和で物静かな青年で〈雨で行商に出られない日は夕食後に持参のポータブル蓄音機を聴いて楽しんでいた〉。喜界島に蓄音機を持っている人はいなかった。本土でも高価だったはずで、李さんはそこそこお金があり、音楽へのこだわりが強い人間であったことが理解される。また遊びに来たカツミや三姉妹に気さくに音楽を聴かせてくれている姿からも優しい性格が表れており、日本語で会話をし、好きな曲も日本人歌手の曲を挙げるなど、日本にとても精通していることも分かる。

ある時、うどん屋に入った李さんが先客の船員に朝鮮人であることを侮辱され、竜舌蘭に八つ当たりをするという出来事が起きた。棍棒で竜舌蘭の葉をめった打ちにする姿は柔和で物静かな普段の姿からは考えられないことである。李さんは、奥田さんたちに怒りをぶつけてもしょうがないということは分かっていたはずだが、〈やい、日本人の盗人野郎!国泥棒!〉と毒づく。奥田さんはそんな李さんに対し〈「やめなさい!わたしたちに泣き言をいったたって仕様ないでしょう。もっと強くなりなさい。あなたらしくもない」〉と声を掛ける。この発言は至極真っ当な発言で、我を忘れている李さんを現実に引き戻したように思う。この場面は奥田ばあさんと李さんの間柄が分かる場面でもあり、一喝する奥田ばあさんの潔さや母親代わりとしての教育的な指導をよく伝える場面でもある。

李さんは行商の途中であらゆる植民地差別を受けていた。ではなぜそのようなリスクを負ってまで日本で仕事をしているのだろうか。〈李さんは大学をでているんでしょう？　今、日本は非常時なんだから、飴売りなんかやめて、なぜ、お国のためになるような仕事につかないんですか〉とカツミは尋ねる、カツミにとっては素朴な疑問でも、このようなデリケートな問題をまだ知識の乏しいカツミが直に質問していることに少し違和感を感じる。彼がこう言う背景には当時の教育や大人の会話、社会の動きなどが影響しているのだろうが、日本にいるのならばお国のためになるように、高学歴な人は役所などに勤めて出世することが一番の幸せだという考え方が世代を通して常識としてあるのは間違いない。李さんはカツミの質問に対し、〈日本人にあごで使われて、卑屈な人生を送るのは、僕の朝鮮人としての誇りが許さない〉と答える。役所に勤めることは、日本人に服従することを意味し、朝鮮人として差別され出世することも難しい世界に身を置くことになる。それに対し飴売りには「自由」があると主張する。では李さんにとっての「自由」とは何なのか。

＊

飴売りという商売は、階級もなく全国をのんびり一人で売り歩くという点で自由であるといえる。しかし職業としては飴を売り歩くという比較的地味な仕事であり、それを良しとする李さんには、お金や地位や名誉よりも母国への誇り、朝鮮人としてのプライドを守る道を選ぼうとする意思がある。つまり彼にとっての「自由」は、飴売りとして「自由」に生活することによって、朝鮮人として母国が受けているあらゆる縛りからの解放を表わす「自由」を体現することなのだ。しかし次に示すように、この場面の直後の李さんの笑いは、それがまだ道半ばであることを示す。

「いい若いもんが飴売りをするのは、非国民てわけかい」

「飴売りをしていたのでは誰も尊敬しませんよ」

「カツミ君」と李さんは冷《さ》めた口調で言った。

「植民地の人間はだね、どんなに有能であっても、高学歴者であっても、下っ端。トップに立つのは何時も日本人――日本人にあごで使われて、卑屈な人生を送るのは、僕の朝鮮人としての誇りが許さないね。それにくらべて、飴売りには、自由がある。飴を売って全国を旅しながら色々なことを考えるのも、又楽しからずやだよ」

李さんは心の底からそう思っているらしく、笑いながら言った。

実際には差別や偏見の現実があり惨めな思いをしている自分が情けなく、本当の意味での「自由」にはまだ遠いことを李さんは笑いながら語ることで自虐的に表現しているのであろう。

カツミが〈この人は、僕なんかとはケタ違いの大物なんだ〉とあきれた様子になったのは、植民地の人間の強さのようなものに圧倒されたといったところだろう。様々な困難にぶつかりながらも、自由を求めて飴売りをしていくという大胆な選択に出たことは、非常に勇気がいることであった。島で生活するカツミにとっては、自分がまだ知らない、想像もできない世界に李さんは挑んでいるのだということに気づくことになった。

千鶴さんは隠れるようにして、家族の見送りも受けずに朝鮮人の李さんと出奔した。この事件がいかに衝撃的なことだったかは、島民の醜聞からも読み取れる。ほとんどが専ら朝鮮人に対する非難であり、よそ者への差別意識が浸透していることを物語っている。千鶴さんに対してさとさんは〈千鶴が選んだ人生ですから〉と言うが、母親の立場で、千鶴さんの行動について何ら批判することもなく受け入れる。親子にしか分からない母親のまなざしが垣間見える場面である。

千鶴さんと李さんは、どのように親密になっていったのだろうか。〈レコードを聴くとき以外、二人が会っているところを見たことがない。〉というカツミの言葉から推測すれば、奥田旅館にレコードを聴きに行く時間は千鶴さんにとって大切な時間だったことは間違いないだろう。その他、手紙のやり取りの可能性もある。そしてこれら一連の動きには、奥田ばあさんの存在が関わっているように思われる。肥後家に醜聞の波が襲い掛かってもばあさんは〈千鶴ちゃんの目に狂いはなかったよ〉と言う。この言葉には双方のことを昔から面倒を見てきた奥田ばあさんの自信が感じられるからである。関係性を知られたくないのであればカツミの言う通り奥田ばあさんを通して手紙の交換もできただろうし、世話やきのばあさんなら色々と手助けをしていたとしても不思議ではない。奥田旅館という空間は、恋の手引きもする非常に魅力的な場所だったといえるだろう。

＊

山岸さんは夏休みの間、東京から喜界島へ来て奥田旅館に逗留し絵を描いている青年である。しかし不思議なことに半年間お金を貯めて島に来たというのに明確な目的が見えない。絵を描くために東京にはないものを求めて来たとしても、その題材が一般的か一般的ではないかという基準で絵を描いているため、ことさら島に来る必要を感じない。

彼の思う一般的な絵である絶景や史跡や伝説地と、一般的でない絵の題材として挙げられているガジュマルの木、「石敢当」の石垣、サバニ、湾港の夕焼け空、ソテツとアダンの木との違いは何だろうか。発言を見ていくと〈このタコ足のように根を下ろしたガジュマルの根っこからは、ものすごい力を感じるね〉〈生血のしたたるような色〉〈根回りの力感〉というように「生」を感じさせる表現が見られる。つまり彼は生命があって変化を伴うものとしての自然を描きたかったのである。

肥後家のガジュマルについても〈カッコの悪いところが、たまらないんですよ〉と言う。出来上がったガジュマルの絵に対する葉子さんの批評について、山岸さんとしては自分でも売れるものではないと自覚しており、見せるための絵ではないという思いがある。ガジュマルの木に木霊を描いている点は、そのエネルギーや生命力のようなものを木霊で表現したのだと思われる。その点に関して葉子さんも〈うちのガジュマルに木霊がやどっているんです〉と言う。絵描きの魂と織子の魂の両面から価値観の共有が行われたシーンであった。

山岸さんは売れないと自覚しながらも、自分の好きな絵、自分の感性で捉えた絵を楽しんで描き続けているが、本当に絵が好きで生活していくためには、その絵を認めてくれる人が現れるしかない。彼の旅はそのような、自分の絵を理解してくれる人がいたら、という希望に導かれたものだったのかもしれない。葉子さんに出会えたことは運命のような出来事だったといえるだろう。

＊

波江さんは二、三年不定期に奥田旅館に泊まって〈喜界島の魚介類〉を調査している某大学の助手である金丸氏と出会い出奔した。この出奔は話題にもならなかった。赤連海岸通りきっての美人三姉妹がこうした選択をすることに対して呆れている反面、許容する風潮が出てきたのかもしれない。

三姉妹が島を出て行ったことで、さとさんは島民から、娘をヤマトから来た男にとられてひとりぼっちになってかわいそうだという見方をされているが、さとさん自身が実際のところどうだったかについては描かれていない。しかし、千鶴さんの出奔の際に唯一言った、〈千鶴の選んだ人生ですから〉という言葉からは母親として娘たちの思いを尊重し信じている様子が読み取れる。さとさんの思いは周りの思いに反して前向きであった。さとさんについて注目したいのは、前半では〈肥後さとさんは、赤連海岸通りでは、一番幸せな人、とみられている〉と紹介されているのに後半では〈赤連海岸通りで一番ふしあわせな人だよ〉と表現されていることである。これはさとさんがそう思っているのではなく、周囲の人がそのように見ているのだが。島民の見方としては、騒動が起こる前は肥後さとさんといえば、容姿端麗なキュラムン三姉妹がいて、ガジュマルの大木があることで有名な幸せな家として認知されていたのが、騒動後は三姉妹がヤマトから来た男性と出奔したことを受けて、残されたさとさんはふしあわせだと思っている。島民がさとさんを憐れんでいる理由は紛れもなくよその男性と一緒になったことに対してであるが、さとさんにとってはそのことは大きな問題ではなかった。島民から見るとふしあわせだと思われていても、本人が娘たちを信じて送り出すことができたと感じていたならば、それは幸せなことなのである。何故さとさんは〈千鶴の選んだ人生ですから〉と言い切ることができたのだろうか。三姉妹とさとさんにしか分からない親子ならではの感情の芽生えが、それぞれの行動にどう影響していったのか見てみたい。

＊

肥後家の三姉妹は早くに父親を亡くし、母親のさとさんから女手ひとつで育てられた。未亡人として子供を育てるために必死に働いていたためくつろいでいる暇もない状態が続いていた。主人の周平さんは二十名ほどの織子を持つ大島紬工場の経営者だったが、連帯保証人になった同業者の倒産により周平さんの紬工場も連鎖倒産に追い込まれ、心労で病死する。当時の紬生産は工場としての復興率、生産率は低く厳しい状況だったが、その中での二十名規模の会社ということはそれなりの規模だったのだろう。紬業は景気の変動に左右されやすく、衣環境の変化も起こるため常に同じものでは売れなくなるという難しい職業である。

長女千鶴さんは高等小学校での成績が良かったため師範学校への進学を勧められていたが、家計の事情もあり、大島紬の織子となった。織子になるということは島の主産業を支え島内で働くことができ、就職としては上等であった。三姉妹は器量も気立ても良く、健康な働き者だったため、縁談話も絶えなかったが三人は揃ってその縁談を断っている。共通して見られるのが〈あたし、母をのこしてお嫁には行けませんわ〉〈わたし、大島紬の立派な織子になって、お母さんに楽をさせてあげたいから、結婚はまだ先の話だわ〉という母親の存在である。母親のことが心配で結婚できないのも分かるが、中には〈お母さんを引き取って、一緒に暮らしてもいいですよ〉と親切に言ってくれる好条件の縁談話もあったにも関わらず、それも断っている。母親を楽にさせてあげたいのなら、好条件の相手との交際を考え、しっかりとした所帯を築ける人と結婚して暮らす方が良いのではないかとも思う。こうしてみると「母親のため」と言う理由には説得力が欠けているように思われる。

結果的に三姉妹は誰にも助けられることなく本土の男性と島を出るというリスクの伴う人生を選んだ。このことは島で結婚することと真逆の人生を選んだということになる。彼女たちにとって島で結婚することは、裕福な家に嫁ぎ、安定した生活を送るということであった。しかしそうしなかった背景には、葉子さんが〈苦労には慣れていますから〉と言ったように、苦労せずして良い生活を送るということはできないという、母親を思う娘の気持ちがあったからだとも思える。母親の強く生きる姿は常に彼女たちの理想像として頭の中にあり、自分もそうなりたいという願望があったとしたら、苦労してでも自分で生計を立てて頑張ろうとする人との人生を選び、それを支える妻として成功することが彼女たちにとって一番の親孝行の証しではなかったか。

＊

三姉妹の出奔の理由には次の三つの点が考えられる。一つ目は幼い頃から持ち続けていたであろうヤマトへの憧れである。ポータブル蓄音機による音楽もガジュマルの絵画も魚介類の研究も、ヤマトから持ちこまれたものであった。彼女たちの出奔はそのヤマト的なものに導かれた可能性も多少なりともあったのではないか。二つ目は生き方についてである。李さん、山岸さん、金丸さんはそれぞれに希望を持って全国を旅している。李さんは朝鮮人としてのプライドを守り「自由」を求めて飴売りをすることでいつか報われることを信じており、山岸さんは自分の絵画を認めてもらえる日を信じており、金丸さんは魚介類の研究の成果が日の目を浴びる時を信じている。先にも述べたが、三姉妹からするとそのような世界は未知の世界であり苦労することも分かっていたはずだ。しかし、それこそ彼女たちが魅力的だと思うものであり、共感できることだったということである。三つ目が母親という理想像の存在である。

作品の末尾は〈もし、この場に奥田ばあさんがいたら、「お前たちの男を見る目に狂いはなかったよ」と言って、高笑いしたはずだ。〉という一文で締めくくられているが、三姉妹が成功して島に戻ってくるという三姉妹とさとさんの再開の場面で終わらず、奥田ばあさんの姿を最後に持ってきていることは、この物語での奥田ばあさんの重要性を示している。この最後の一文が奥田ばあさんが三姉妹の出奔に関する一部始終に関わっていたことを表わしているとすると、その後の三姉妹の結末を見届けた者として、感謝の意を込めて奥田ばあさんの言葉を添えたと考えられる。奥田旅館と奥田ばあさんは唯一ずっと肥後家の歩みを見守り続けていたのである。三姉妹が成功して島へ戻って来たことで、肥後さとさんに対する赤連海岸通りでの風評は不幸せな人から再び幸せな人へと転換されていっただろう。さとさんもまた一人前になった姿を見ることでやっと安心することができ本当の幸せを感じたはずだ。

この物語は、逆境に立ったときの、あるいは何かを決意するときの、熱意や信頼感のような目に見えない力の確かさを教えてくれる。そしてそれは、風と希望が導いた小さな奇跡であった。

自らを取り戻す始まりの物語——「泡盛ボックヮ」

戸田千尋

あらすじ

中山勇作はアルコール中毒の祖父に泡盛一本で糸満漁師上原親方に売られてきた。学校へも通わず、島の少年から〈泡盛ボックヮ〉と呼ばれバカにされていた。勇作をいじめていたガキ大将の里年男がハブに咬まれた。命を救うためには大島本島までに行かねばならない。海は時化、年男を運ぶ大型船もない。そのとき勇作はサバニで運ぶことを名乗り出た。年男の命は助かった。後日、ある老人の悲惨な死の噂が広まった。老人は勇作の祖父に似ている。老人と勇作に何があったのか。謎は深まる。

＊

この作品は、前半部分だけを読むなら、勇作という人物がいかに心の広く純粋な青年であるかということを書いた物語になると思う。勇作に対する否定的な文は何一つなく、呑兵衛の祖父に泡盛一升で売られ漁師として働き、売られた経緯から同年代の子どもたちにいじめられても仕返しをせず、それどころか、自身をいじめたグループの大将の命を自ら名乗り出て救った、まるで悟りでも啓いたかのような、悪意のかけらもみせない青年として描かれている。最初ここまで読んだときは、勇作が何を考えているのかさっぱりわからない程の誠実さをみせていたので、不思議な人物だという思いと、素直な称賛を感じていた。

しかし彼は後半では祖父を殺したのではと疑惑をかけられており、状況からもそれは可能だと語られている。読み進めるうちに嘘だろうと思った。これまでの行動や発言からも、人を殺すような人物だとは思えなかった。むしろ彼には恨むべき相手である年男の命を救った実績がある。にもかかわらず同じ恨みの対象である祖父を殺したという。読み終わるとともに、どういうことだという疑問と、これまでの彼の行動に対する疑惑が浮かんできた。

もしかしたら年男を助けたのも風評を操作するための行動だったのでは、とか、〈中山さんも、磯さんの前身が船乗りであり、人柄が洒脱だったので磯さんの話を聞くのが楽しいらしく、よく訪ねてきていた〉というのは、祖父をどのように殺すのか磯さんの話からアイデアを得るためだったからではないのかなどと色々と考えた。しかし、どれも憶測に過ぎない。結局殺したのか殺していないのかわからない。

そこで、磯さんが勇作が殺したとする根拠が本当に存在するのか調べてみた。もし殺していたのなら、磯さんが言ったとおりの行動を勇作はとれるということになる。まずは勇作の故郷のS村はどの村なのか探した。

＊

S村の目星はすぐについた。物語の年代、太平洋戦争が始まる前の八年間（開戦が一九四一年一二月なのでそれ以前、一九三〇年代前半から一九四〇年頃まで）に存在するSのつく奄美大島にある村は、住用村《すみようそん》のみである。

住用村が古仁屋とどれほど離れているかだが、とても近い。地図上の直線距離で一五キロといったところだろうか。実際は直線距離上に山がいくつもあるため一五キロでは行けないが、それでも山の横を行こうが海に沿って行こうがそう遠い村ではない。

勇作と祖父は酒を買うのに隣の村まで行ったという。隣村がどこかはわからないが、遠く見積もっても海で古仁屋と逆方向に渡った名瀬村くらいまでである。古仁屋とは二五キロ程しか離れてない。また、名瀬村ではないとも考える。勇作と祖父が泡盛を買ったとみられる酒屋の人物は〈お孫さんは、陸路で古仁屋に帰るといっていたから、爺さんを見送ったあと、歩いて帰ったんじゃないですか〉と発言している。住用村と名瀬村の位置からして、名瀬村で買い物をした勇作が、祖父と別れて歩いて帰ると言ったら発言が不自然になるのである。一緒に舟で帰り住用村で祖父と別れ、そこから徒歩で古仁屋に向かうのが帰路としては一番効率が良いからだ。こうした理由から、隣村は住用村と古仁屋の間の海沿いにあることが推測できる。

そうなると、磯さんの根拠はありえるということになる。勇作が海から上がって服を乾かすのにも十分な時間をもって古仁屋へ行ける距離でもある。もはや殺しはあり得ないとは言えず、むしろ現実味を帯びてくる。

そうであるなら、勇作が殺していないという根拠の方が少ない。彼が本当に祖父と別れて歩いて帰ったのなら殺していない。これしか言えないのである。店では歩いて帰ると言ったが、いざ祖父と別れるときに「時間があるから」とか「もっと話したいから」などと言って、村が古仁屋と近いことを理由に「やっぱり舟で送る」と言い出してもなにも不自然なことではない。孝行な孫が送ってくれると言っても、祖父も不審に思わないであろう。

結論としては、勇作が殺した、と言えるだろう。ウミンチュとして働き、海を熟知した勇作であるから、計画も立て、潮の流れを読んで行動を起こすこともできるだろう。さらに言えば、決め手として、舟に櫂がないことが挙げられる。いくら呑兵衛であろうとも、櫂を海に落とすなどということを島で生きる人間がするだろうか。また、落としていたとしても、死にはしなかったと思う。近くの村にある自宅に帰るだけなのに、舟が沖まで出ているとは考えられないからである。住用村は港に面した村であるため、海岸沿いに漕げば村には着くのだ。それに、落としたところで、船から陸に向かって叫ぶか、降りて泳ぐかということができたはずである。奄美大島の人々が荷物運搬用に使う舟はサバニであるから、海岸沿いの比較的浅いところで漕いでいた可能性が大きく、よほど酔っていたか金槌かでないかぎり、陸まで泳げたであろう。思わず寝てしまった間に櫂を落とし、且つ酷い引き潮でなかったかぎり、事故はありえないと思う。

＊

勇作は祖父を殺した。ではなぜ祖父に対して殺意を抱くほど憎しみを強く持つことができる人物が、年男を見殺しにしなかったのだろう。勇作は年男を恨んではいなかったのだろうか。恨んでいたならば何故助けたのか、恨まなかったのならばそれは何故なのか。これについては根拠もなにもないので、憶測からしか書けない。そのため、パターン分けして考えていこうと思う。

まず、恨んでいなかった場合。これは恨んでいないから助けても違和感はない。助ける手段を持っていて助けないということは、恨んでいる人物がすることである。助ける行動は自然であったであろう。

では何故恨まなかったのか。これは、恨むこと以前に、いじめられている現状を〈仕方がない〉と考えていたからであると思われる。勇作は境遇から、いじめの標的にされやすい状態にあるし、本人もそれを理解している。そう考えたら、年男を恨む気持ちは強くはならないのではと思う。むしろこの場合、自分をこのような境遇にした祖父を恨んでいるであろう。自分をちゃんと育てず、挙句人買いに安値で売った祖父に「ちゃんと育ててくれれば、今頃学校にも通えていただろうに」と、そう考えていたならば、年男たちに悪口を言われても、彼らに言い返しもせず憧れの眼差しを向けていたということに納得がいく。祖父だけを恨んでいたが故に、年男や周囲に対して恨みは持たなかった、ということである。

次に、実は恨んでいたが助けた、という場合。この場合、勇作にしてみれば恨んでいる相手を助けたくなどないはずである。助けることにより何かメリットがあるのだろう。ここでは、助けることにより周囲の人々から良い人間だと思われる、という効果がある。

勇作は、実は祖父に対しての殺意を前々から持っていて、いつか殺すことを決めていたとする。その場合、殺した時、犯人が勇作なのではないかという疑いの目が向けられる可能性がある。それを少しでも無くすためには、日頃から「あの人は人殺しをするような人ではない、とても良い人だ」と周囲に認識させる必要がある。年男を助けることは、恨んでもおかしくない人の命を助けたとして、信頼を得るには十分な機会なのである。

そうすると〈いくら悪口雑言を浴びせかけても、泡盛ボックヮは起こるようなこともなく、落ちつきはらっていて、微笑みさえ浮かべて、僕らを見ているだけなので〉というところの読み方が変わってくる。恨みを抱いている相手に悪口を言われ笑顔で返す。このことから、この時点で勇作が演技をしていることが窺える。前半部分が一気に恐ろしいものになるのである。

恨んでいたか、恨んでいないか。考察を経てどちらが本心であるかを考えると、私は、年男らの行いを良くは思っていなかったものの、酷く恨んではいなかったのではと考える。このことは、後半でカツミが勇作に謝った際〈にが笑い〉をしていたことから思い至った。本当に恨んでおらず不快にも思っていないのなら〈にが笑い〉で答えることはないと思う。次いで〈でも、すごく傷ついたんじゃないですか〉というカツミの問いに〈いや、事実だから仕方ないよ〉と答えたことからも、〈仕方ない〉とは思っているが、傷つかなかったわけではない、といったことが読み取れる。傷ついていないならば、謝られた際に「気にするな」と言うであろうし〈仕方ない〉と答えることもないと思う。

やはり勇作が恨んでいたのは祖父だけだったのだろう。〈じいちゃん孝行〉をすることを目標にしていたため〈ウミンチュのきびしいしごきにも耐えてこられた〉のだとある。この、耐えてこられた、には、ウミンチュのしごきだけでなく、それ以外の彼にふりかかった様々な困難も含まれているのではと思う。祖父への恨み故の殺意を実行に移すことを生きがいに、今まで耐えてこられた。そう考えた方が、年男を筆頭とする、いじめていた人々に対する対応時の行動と合わせて合点のいく点が多いと思われる。

＊

以上、勇作は祖父を恨んでいて、殺意をもって殺したとしてきた。しかし私の中では、それでも勇作に対しそのような考えを持ちたくないといった感情がある。いじめられているにも関わらず、学校へ通う同じ年頃の子どもたちに眩しそうな視線を送って笑っていた少年が、計画的犯行に基づく殺害を犯したという終わり方がショックでならない。本当に孝行をするつもりで酒を買い、徒歩で帰るつもりだったが、シンガポールに行けば暫く会えないからと、やはり船で祖父を村まで送り届けることにした。しかし、苦労して貯めた金で買った酒を自分の漕ぐ舟の上で飲みだし、挙句寝てしまったその姿に、唐突に殺意を覚えたのではないか。いやむしろ、この事件は本当に事故であって、勇作はどこまでも寛大な人物なのではないか、などと考えた。しかしここまできて、実はこの話はフィクションなのではと思い至る根拠を見つけた。

サバニについて調べた際、資料の中に『中山伝信録』という書物が記されていた。この本は中国のものであり、徐葆光《じょほうこう》という人物が、清の皇帝への報告書として、当時の琉球についてまとめたものである。題名に「中山」とあるが、これは琉球の異名である。ここで、琉球を中山ともいうこと、勇作の名字が中山であることをふまえ考えると、もしかしたら、中山勇作という人物は作者が故意に創造したキャラクターなのではないか、と考えた。上原親方は勇作のことを〈あれは将来のウミヤカラー（海の勇者）だよ〉と磯さんに紹介している。海の「勇者」であるという。これらから「中山勇作」は「琉球で作られた勇者」という意味で名付けられているのでは、と考えた。

勿論フィクションではない可能性もある。上記で述べたように住用村の存在があるし、もしかしたら実際の話を書く際、その人の本名を出しては不味いと考え名前だけ中山勇作としたのではとも考えられる。しかし「作られた勇者」と読める名前などからも、フィクションだと考えても良い要素は大いにある。

もしフィックションなのだとしたら、この話は、当時はよくあった糸満売りを題材に、売られた少年の一番多感な時期を描き、自らを売った祖父の殺害という結末で締めくくった物語ということになる。一見衝撃的な話ではあるが、糸満売りやその周囲の環境の事を物語の形で伝えることを目的に書かれたのかもしれない。福地曠昭氏に実際に糸満売りに遭った人々の証言を集めた本があるが、そこにも《子供達が糸満売りされる理由に、父親が酒飲みで家庭を省りみなくなり、親権を利用して子供を売るという事例が多い》（『糸満売り　実録・沖縄の人身売買』）という言葉とともに多数の証言が寄せられている。当時、糸満売りにおいて、物語と似たようなことはよくあったということである。とにかく私のように、勇作のことを寛大で優しい少年だと思いたくても、物語終盤の話から、やはり祖父を殺害したのではという考えがまとわりつく、と思う人は、このようにフィクションなのだと考えてしまえば少し楽になると思う。

＊

美しい喜界島の風景の中で繰り広げられる勇作の厳しい少年時代は、読みながら思い描いた自然あふれる景色と合わせるとより悲しいものに思えてくる。当時の子どもたちにとって、売られた子どもが海で厳しく働かされている様子は、自らとは関係のないことであると目を背ける一方、親に売られれば自分もああなるのだという、最悪を連想させる情景だったのではないだろうか。それ故、そのような境遇にある子どもと自分は違うのだと思いたいがために、いじめという線引きが行われることもあったであろう。このような要因もあり、年男ら島の子どもたちは、勇作をいじめていたのでないかとも思う。

では、周りにいた大人たちはどのような思いで勇作を眺めていたのだろうか。

現代に生きる私たちには、子どもは大人に守られるもの、大人は子どもを見守り育てるもの、という考えが染みついている。この考えは、決して現代にのみ当てはまるものではないであろうが、昔に比べればとても強いものとして存在していると思われる。それは、権利であったり、義務であったりという考えが戦後広く浸透してきたことが原因だと考えるが、では何故現代以前では、これがなかなか実現しなかったのであろうか。

理由の一つに、貧困という問題がある。かつて貧しい家の子どもは、家のために働きに出るものであった。現在でも同じことが言えるが、生活困窮者への保護制度が無かった時代は、これが今以上に顕著なものであった。さらに、機械がまだ発達しておらず、労働が手作業で行われていた時代において、労働力は人の数であり、働く上で人は欠くことのできないものであった。できるだけ多くの人手が必要であり、それが子どもの手であっても求められた。

そのような経緯で行われたのが、年季奉公という人身売買である。貧しい家の子どもは、金銭の代わりに働きに出される。本文中では勇作の家が貧しかったかどうかとは書かれていないが、両親は他界しており、男やもめの祖父はアルコール中毒であるというのだから、裕福であったというわけではなかっただろう。むしろ、祖父が酒を買うため、金は無くなる一方だったはずだ。売られた勇作は、ウミンチュとして働き出す。彼も子どもとはいえ立派な労働力になる。

子どもにとっては辛い厳しい労働をさせられて、さらに同年代の子どもたちからいじめられて、哀れに思う大人がいなかったわけではないであろう。しかしだからといって、安易に助けの手を差し伸べることもできなかったのだろうと考える。労働力であり且つ既に金銭が支払われている子どもだ。少しでも哀れに思い庇うような発言や行動をしようものなら「ならば貴方がその子を買い戻して育てればいいだろう」と言われるに違いない。実際、売られた子どもを無理な労働から解放するために、親戚などの周囲の大人が買い戻したという事例は当時珍しくなかった。助けるには金が必要だと解っている以上、そう簡単に手を差し伸べる訳にもいかない。自らにその力がない場合、いくら哀れに思おうとも、見て見ぬふりをする以外に方法がないということだ。大人もまた、線引きをする必要があったのだ。

そう考えていくと、私たち現代人がいかに社会に守られて生きることができているのかを痛感させられる。舞台である喜界島には美しい自然が溢れていて、読み手である私たちはコンクリートに囲まれて生活している。環境と時代の違いに、私たちは作品を読みながら、登場人物たちは、時間に追われることなく、ゆったりと、暖かい南島で生活しているのだろうという、勝手ともいえる想像をどこかでしていると思う。しかし、本当にその場で生きていた人々は、決してゆったりと自由に生活していたわけではなく、風習や伝統、社会情勢に縛られて生きていたのだと思い知らされる。

＊

では、当時売られた子どもたちに、救いはなかったのだろうかと考えるとそうではない。年季奉公は日本本土でも古くから一般的に行われていた風習だが、それと沖縄で行われていたものとは少し違いがある。

本土で行われていた年季奉公は、働きに出て期間が満了した後、次の職をあてがわれることもなく親元に帰されるというものが一般的であった。中には、年季があける直前に雇い子の家族に借金をつくらせ、年季の延長をわざと申し出させるという悪質な行いもあった。年季があけたら働く場所がなくなるからと、成人してもずっと奉公を続けるということも珍しくなかった。

対して沖縄で行われた年季奉公は、金銭の対価に子どもを労働力として売るという面では同じだが、働かせると同時に技能を学ばせ、年季が明けたならば働いていたコミュニティで継続して働く権利を得ることができるという点で本土のものとは異なった。糸満売りに出された子どもも、年季が明けてもそこで働き続けることができたし、さらには独り立ちすることも認められていた。独り立ちしたならば、今度は自らが糸満売りで労働力を得ていく側になる。このような、一種の社会的システムともいえる人身売買が成り立っていた。

もちろん、現代人の視線からみれば、子どもを労働力として売るなどということに批判的な考えをもって仕方ないだろう。しかし、貧しい家に生まれ、学校に行くことができず、故に教養を身につけられないため、立派な職に就けないという子どもたちにとって、働きながらその場で技術を会得していき、将来独立する権利も得ることができる場があるのである。厳しいながらも、生きていく道が開かれているのである。

これを踏まえて考えると、勇作の周りの大人が彼をどのように見つめていたかさらに深く考えることができる。勇作も、このまま永遠に労働力として使われ続けるわけではない。本人の頑張り次第では、将来成功する可能性だってある。自らに助ける手立てもなく、また勇作自身も頑張って働いている。それならば、手を出さずに見つめているのが一番だと考えるものかもしれない。

勇作がいじめに酷く傷ついたり、過酷な労働で体を壊したりしていたならば話は別であろうが、彼はしっかりと働き、同じ年頃の子どもに野次を飛ばされても怒るどころか笑っている。周りから見たら、心配はいらない、という評価だったのかもしれない。

＊

このような環境で労働に励んできた勇作は、幼少期から一八歳まで周囲の人々に「泡盛ボックヮ」と呼ばれ生活する。しかし、年男を助けたことにより、これまでの周囲の対応は一変し、誰も「泡盛ボックヮ」呼ばわりすることはなくなる。

このことは勇作にとって、とても喜ばしいことだったのではないかと思う。自分の本名で呼ばれないばかりか、不名誉な渾名で存在を知られてしまっていて、それを改善する手立てもなかった彼にとって「中山君」と呼ばれることは、自らを取り戻す一歩となったのではなかろうか。フジナミさんが彼を名字で呼んだ時、勇作は自信をこめて問いに応えていた。この時の様子から、彼がウミンチュとしての己の実力に自信を持っていること、また、確実に使命を全うするというやる気に満ちていることが窺える。これは、ここで名を呼ばれたことで彼のモチベーションが上がったため、結果、自信に満ちた返事をすることができたということを意味する。

また、この場面でフジナミさんが勇作のことを名字で呼んだという点が気になった。フジナミさんに名字を呼ばれた時、勇作が驚かなかったことから、彼は前にもフジナミさんに本名で呼ばれた事があったのではと思い至った。上原親方と昵懇の間柄だというフジナミさんだから、以前から勇作と接する機会があったのだろうということは読み取れる。勇作の腕を認めている上原親方から勇作の話をされ、彼の本名を知っていたという可能性は十分にありえる。組の親方にも認められる程にウミンチュとしての腕もしっかりしたもので、また己の境遇に対する嘆きや怒りを外に向けず、いじめられても笑っている。そんな彼のことを思い、勇作がこれから活躍するという場で、名をわざと呼んだのではないだろうか。頑張っている彼の周囲の環境が少しでも良いものになるよう、フジナミさんが気を利かせたのかもしれない。

＊

物語は最後、潮鳴りの音で終わる。この終わり方は、勇作が祖父を殺したのか殺していないのか、そのような点をはっきりさせずに謎めかせる効果がある。読者は、誠実で心の広い人物だと書かれていた少年が、祖父を殺したかもしれないという最後の衝撃的な話から脱することができずに、この話の重点を事件の真相へと持っていくことだろう。しかし、この話を勇作の心理に重点を置いて考えると、違った見方ができる。それは、この話は勇作が自らを取り戻す始まりの物語なのではないかということである。

祖父に泡盛一升で売られたことから「泡盛ボックヮ」と周囲から呼ばれ、年の変わらない子どもたちにもいじめられた少年が、そのような環境にめげずにウミンチュとしての技術を磨いていき、成長した後、磨いた技術をもって、かつて先頭に立って自らをいじめていた人物の命を助ける。この活躍を機に本名で呼ばれるようになった少年は、さらに、自らをこのような境遇に追いやった祖父を殺害することで、過去の物事に終止符を打ち、これまでの自分のことを知らない人で溢れる異国へと旅立つ。

この後勇作がどのように生きたのかはまったくわからないが、もう「泡盛ボックヮ」などと呼ばれることもなく、ウミンチュとして活躍したのではないだろうか。

このように読むことで『泡盛ボックヮ』はまた奥の深いものになる。さまざまな方面から読んで推測していくことのできるこの作品の魅力は、ここで論じてきた事柄に収まりきれることではないだろう。一人一人が皆違った考えを持ち思考を巡らせること、この作品の魅力はここにある。

「いのち」の物語――「喜界島のさくら」

野田桃子

あらすじ

十年に一度あるかないかの寒い朝、遭難したサンゴ船の乗員安田三郎さんを山城太一さんが見つけた。安田さんは〈白百合の君〉と呼ばれている仲間里沙さんの献身的な介抱で命を取り留めた。島の人たちの「さくら」への想いを知った安田さんは助けられたお礼に三本の「さくら」を贈る。年中暖かい気候の喜界島で花は無事に咲くのだろうか。戦争という過酷な背景の中で、女性の強さと島の人たちの温かさが伝わってくるお話である。

＊

この物語には二人の男性が登場する。漂流して助かった安田三郎さんと里沙さんの婚約者で戦死した田代彦太郎さんである。まず、安田三郎さんから述べてみよう。

物語は、山城太一さんが安田三郎さんを救助しようとしている場面から始まる。安田さんは、高知県船籍のサンゴ船第二土佐丸の乗組員であった。喜界島の湾港はサンゴ船の基地となっていて、第二土佐丸はサンゴ漁のため、トカラ列島の沖を抜け喜界島へ航行中であった。しかし、天候の急変により、転覆し、乗組員たちは海へと投げ出されてしまった。

安田さんが漂流していた海は、南島の温暖な海とはいえ冬の海であり、〈十年に一度あるかないかの寒い朝〉で、喜界島でも珍しいほど寒い日であった。こうした悪条件のなかで五時間近く漂流した安田さんは、里沙さんの献身的な介抱によって助かった。助かった要因は三つある。一つは年齢だ。二十歳という若さがなければ助からなかったであろうし、一週間での回復は見込めなかったであろう。二つ目は、助けた山城太一さんが漂流物を拾うという習慣をもっていたことだ。太一さんの話は「待ちぼうけの人生」でも紹介されていて、時化の日であっても休むことなく朝から漂流物を探す太一さんの習慣がなければ、安田さんは発見されていなかったであろうし、発見されても発見は遅れていただろう。そして三つ目は、安田さん自身が遭難という緊急事態に陥っても冷静な判断をとることが出来たということである。〈自分で巻きつけたのか、自然にロープが絡まったのかは分からないが、ロープが船材と彼の体を二重に巻いていた。〉という。波にもまれてせっかく掴んだ船材から再び海へ投げ出されるのを防ぐため、さらには、手足の感覚が麻痺し、掴んだ船材から離れてしまうことを防ぐためにロープで自分の体と船材を巻き付けた。安田さんは、船が遭難するという非常事態の中でも、どうしたら自分が少しでも助かる可能性があるのかを考えることができる人であり、冷静な判断が取れる人物であった。しかし、危険が迫った時の人間の本能からくる「生きたい」と思う執念から出た行動であったととらえるほうが自然かもしれない。

この奇跡も言える要因と、三時間にも及ぶ里沙さんの介抱のお陰で命を取り留めるが、彼には帰ったら二ヶ月後には入隊という運命が待ち受けていた。

当時は、満二十歳に達するものは徴兵検査を受ける義務が課せられていた。しかし、中には兵役の義務から逃れるために、戦争が拡大化するとともに体重をぎりぎりまで落としたり、故意的に病気を悪化させたり、などの徴兵忌避をしていた人もいたという。しかし、安田さんは、自分の運命をありのまま受け入れているようである。一命を取り留めたにもかかわらず、二ヶ月後には再び命の危険と隣り合わせになるという時、安田さんはどういう思いだったのだろうか。戦地という死と隣合わせの中に赴くことへの恐怖、不安をもちろん感じていただろう。しかし、〈第二の命を大事にしますよ〉と自分の運命を全うしようと覚悟する安田さんがカツミと交わした堅い握手には、安田さんの生と死の両方に引き裂かれた複雑な二つの思いが入り交じっているように思える。

＊

田代彦太郎さんについて述べてみよう。彼は里沙さんと幼馴染であり、婚約者であった。里沙さんの父は台湾陸軍軍医として活躍していたが、田原さんもまた大陸で軍医として活動していた。当時、軍医不足により、大学で学んでいた医大生も軍医として駆り出されていたというから、東京の大学で医学を学んでいた田代さんも戦地に駆り出されたのだろう。田代さんが帰還すれば、里沙さんとの結婚が決まっていた。しかし、田代さん戦死の知らせが届き、約束は果たされなかった。

里沙さんは、島でも知られた二胡の奏者である。安田さんの送別会の折り、里沙さんが演奏した曲は、滝廉太郎作曲の「花」に始まり、「早春賦」「叱られて」「荒城の月」「赤とんぼ」「宵待草」など誰もが知っている日本の曲であった。こうした名曲を演奏したのは、二ヶ月後に戦地に赴いてしまう安田さんへの里沙さんからの贈り物だったのだろうか。

また、日本の曲だけではなく、二胡の名曲といわれている「一枝梅」、友人との別れを惜しむ「陽関三畳」、愛しい人を想って作られたであろう「繾歌」、労役を強要された夫を失った妻の悲しみが表現された「江河水」も演奏された。

「陽関三畳」に注目したい。この曲は、安田さんが贈った「さくら」が無事咲いたときに開かれた宴の時にも演奏をした曲である。「陽関三畳」とは、盛唐の詩人・画家であった王維の詩「元二の安西に使いするを送る」に曲をつけたもので、「陽関三畳」の三畳とは、繰り返しの意味を表し、別名「陽関曲」「渭城曲」とも呼ばれている。本文、語釈は以下の通りである。

〈渭城の朝雨軽塵をうるおし／客舎青青柳色新たなり／君に勧む更に尽くせ一杯の酒／西のかた陽関を出ずれば故人なからん〉（渭城の朝の雨は、たちやすい埃をしっとりと濡らし、旅館は生き返ったような柳の色で空気まで清々しい。まあ、君も一杯やりたまえ。これから西へと出発し陽関を出ればこうして飲みあえる友人も居ないのだから。）

この詩は、安西へと旅立つ友人の元二を渭城まで送って行き、陽関へ向かう日の朝、最後の別れの杯を交わしているという情景を詠んでいる。曲名になっている陽関は、敦煌の西南にあり、かつては、シルクロードの重要な関所のひとつで西域へ行く時にはここを必ず通らなければならなかった。陽関から安西は約七〇〇キロメートルあり、一度陽関をでれば簡単には帰って来られない場所だったという。西の土地へいったら二度と帰って来られないという辺境の地であり、今生の別れの場所であった。

安田さんが戦地へ赴くということ、それは二度と会えなくなってしまうということを意味する。それは田代さんが大陸にいかなければならないとなった時も同じだっただろう。安田さんや田代さんが向かった土地には、死という別れが身近にあるのだ。

「陽関三畳」は理沙さんの十八番だ。なぜこの曲が、里沙さんの十八番だったのか。それは、この曲を弾くたびに遠く離れた大陸にいる田代さんのことを思い出していたからである。得意な曲というよりも、田代さんとの思い出を振り返ることが出来る大切な曲であった。「江河水」は夫が役人に捕らえられて労役を強要され、虐待を受けた後に異郷の地で命を落とし、その知らせを受けた妻が、悲しみ、憤り、支配階級の大罪を訴えたという内容の曲。残された女性の何処にもぶつけることが出来ない怒りと嘆きがこの曲には滲み出ている。

＊

次に「さくら」を考えてみよう。

安田さんの帰国前日、俳句好きの仲間が集まって句会が開催された。島には俳句好きな人が大勢いるようである。では、四季の節目がわかりにくい島で季語を入れてつくる俳句を詠む人が多いのはなぜであろうか。島の人たちにとって俳句が、気候の変動がわかりにくいからこそ微かな四季の変化を楽しむ方法のひとつとして好まれているからではないか。

俳句には季語を入れなければならないという決まりがある。四月の季題で有名なものは本州では「さくら」であるが、カツミが教科書を見て〈サイタ　サイタ　サクラガ　サイタ〉と声にだして読んでも想像すらできないほど喜界島では馴染みのない花である。なぜ「さくら」が喜界島で馴染みがないのか。喜界島の気候に原因があった。

「さくら」が開花するためには、休眠物質が必要となる。休眠物質は葉桜となるころに、太陽の光を一杯浴びた葉で作られ、葉が落ちた後、休眠物質は蕾の部分に蓄積される。そして、冬になって寒くなると、休眠物質は徐々に減少すると同時につぼみが膨らみ、休眠物質がなくなるとようやく開花の準備が整い、暖かくなると一気に開花するという仕組みになっている。だが、桜が開花するためには、冬の寒さという要素が必要となってくる。しかし、喜界島は、一年間の平均気温が二十二・一度で、一月でも平均気温は十五・六度の温暖な気候な島である。つまり、喜界島に「さくら」が咲きにくい理由は、冬の気温がそれほど寒くならないためなのだ。島の気候が「さくら」の木が育ちにくい環境であるからこそ、島の人びとは「さくら」にとても強い思いを抱いているのである。それゆえ、安田さんが贈ってくれた染井吉野に蕾がついた時の島の人たちの喜びは〈陽気な浮かれ者になって飛び跳ねて喜んだ〉とあるように感動が抑えきれずに飛び跳ねてしまうほどのものであっただろう。

*

句会が開かれた時、喜界島の人びとの「さくら」に対する想いを知った安田さんは、土佐丸の船長に染井吉野の苗木三本を届けさせた。送られてきた染井吉野の苗木には喜界島の人の染井吉野へ対する思いを知った安田さんの心遣いがうかがえる。命を助けてくれた里沙さんへのお礼を表わす意図もあるが、喜界島の人びとに満開に咲いた染井吉野を見せてあげたい、その桜の下で、里沙さんに二胡を演奏してもらいたい、そして、満開の桜の木の下で里沙さんの二胡の演奏が聞きたいという自らの想いが詰まっていた。

桜の木には、「災いより守る木」「大義のために進んで戦いに挑む」という意味がある。こうした意味から推察すれば、安田さんが「さくら」を贈った意味がわかるような気がする。他者の回復を自分のことのように心配し、喜んでくれた喜界島の人びとのために、戦争という災いから島民を守ってくれるように、そして自分は大義のために戦地に赴き、自分がもし無事に帰ってきたら、また喜界島を訪れ、満開に咲いた桜の下で演奏する里沙さんや、宴を楽しむ喜界島の人びとに会いに行くという願いが「さくら」を贈る気持ちの中に詰まっていたのではないだろうか。

安田さんが贈った「さくら」の苗木は、三本であった。「三」という数字にも注目してみたい。「三」は、聖なる数字であるとされている。しかし、その反面、〈死者と関連の深い数字〉であるともされている。日本にも有名な「三」のつく話がある。「三本の矢」である。この話は毛利元就が三人の子どもたちに「矢一本なら一人の力で折ることができるが、三本となったときはなかなか折れない。このように三人が力を合わせなければいけない。」と教えた有名な話である。「三本」には、折れないというイメージがある。この物語では桜の木は二本が枯死して、一本が芽吹いている。安田さんが一本しか苗木を贈っていなかったら、咲く確率とは、低くなっていたはずだ。

桜には、他にも、「偉大なる聖霊」「美しい女性」というイメージがある。作品の末尾での山岡先生の〈里沙ちゃんなら大丈夫〉という言葉には喜界島に住む皆のために開催を中止せずに、田代さんの死に耐えた里沙さんなら、過酷な環境で懸命に花を咲かせた染井吉野のように、たくましく生きていくだろうという想いが込められているように思う。だから、里沙さんが染井吉野を大切に育てていることを知っていたカツミも、〈里沙さんなら大丈夫〉だと思ったのだろう。

前に述べたように、喜界島の気候は「さくら」にとっては過酷な環境である。また来年も花を咲かせるかはわからない。葉桜になってしまって、花を咲かせなかったとしても、そこに「さくら」がある限り、喜界島の人びとのことを見守り続ける木となる。

このように「さくら」は、さまざまな想いが詰められた安田さんからの贈り物であったことが理解される。「さくら」のイメージとして辞書に書いてあることを参考に考えてみたが、私の中に「さくら」で連想されるイメージとして、〈儚さ〉〈散る〉というイメージも強い。そしてそこから命を連想する。喜界島に運よく漂着した安田さんの生きようとした生命力と里沙さんの献身的な介抱による命の回復、しかしそれからまた戦地に赴くことで命の危険と隣り合わせになるという運命、田代さんの大陸での戦死、この話の展開の根底にはどれも命が関連していると感じた。こうした命への想いを、作者は、「さくら」という日本を代表する木で表現しようとしたのではないだろうか。

＊

安田さんを介抱するためには、若い女性が裸になり、抱いて温める方法しかなかった。運び込まれた仲間家には、母親と里沙さんしか女性は居なかったこともあり、〈ようございます。わたし、やります。わたし、この人を助けてあげたいわ。わたしに、人を蘇生させる力があるなんて、じつにうれしい！神様が下さった霊力よ。それを使わない手はないわ〉と言っているように、里沙さんにはこの状況で、この男を助けられるのは自分しかいないという使命感を持った。その後、里沙さんのお母さんが体裁を気にしてとめるが、それは島という場所では噂が周りに伝わるのが早いからだ。里沙さん本人は、裸で見ず知らずの青年を介抱したという噂が島中に流れることなど気にもとめていない。そんなことよりも、万が一助かるのであれば、とかえって積極的に青年を助けようとしている。総じて里沙さんは、行動力のある人であり、島の人たちからも、〈美しい笑い声をひびかせている快活な人〉と思われている。しかし、花見の宴が開催された時に流した里沙さんの涙を、島の人たちやカツミは、「さくら」が咲いたこと、そして演奏に熱が入り感情が昂り泣いてしまったと思っているようだが、今生の別れかも知れない友を見送る王維の姿が、田代さんを見送る自分の姿と重なり、涙してしまう里沙さん心の強さの裏側に潜む弱さも表されている。

どんなに明るい人であっても、自分にとって大切な人がこの世から居なくなって、悲しまない人はいないだろう。しかし、婚約者である田代さんが戦死したという知らせを受けながらも、「さくら」が咲くのを楽しみにしていた喜界島の人たちを悲しませないようにと花見の宴を開催した里沙さんの優しさ、そして皆に気づかれないようにと気丈にいつものように振舞っていた里沙さんの強さには畏敬の念すら感じる。島の人たちに励まされ、より一層力強く演奏する里沙さんの姿は、田代さんの死の悲しみを乗り越え、力強く生きていく姿と重ねることができる。物語を読み進めるうちに、「仲間里沙」という一人の女性の強さを感じた。

東京へ行くことが許されぬ理由――「ハジィチ哀しゃ」

末次彩夏

あらすじ

一族の者はあやに畏敬の念を抱いていた。彼女が若くして夫と死別した上、戦時下の苦しい生活にも関わらず四人の子どもを立派に育て上げてきたからである。四男の菊治は秀才で東京帝大を卒業し大蔵省に入省して出世した。あやは菊治に会いたいと思う。しかし菊治は、島の風習である〈ハジィチ〉(刺青)を入れたあやが東京に来れば、彼女は差別や偏見の対象になるだろうと思う。じつは年頃の娘の縁談にも支障が出るのを恐れているのである。

東京行きを楽しみにしているあやは、奄美特産の土産を用意したり奄美民謡を練習したりするが、親族に妨害され、上京は叶わなかった。

＊

「ハジィチ哀しゃ」を読んで、最初は「ハジィチを施した人への差別意識」や「あやの人生から見えてくる戦時中の女性の苦労」がテーマだと考えていた。しかし一方で、「現代に残る血筋や身分の違いからくる偏見」も重要なテーマなのではないかと考えるようになった。

あやは次のように描かれる。〈あやは学問があるわけでも財産があるわけでもない一介の老女であったが、僕ら一族の者は、あやに畏敬の念をいだいていた。それは彼女が若くして夫と死別、再婚もせず蘇鉄を食べ年中一張羅の着物をきて、大島紬を織りながら四人の子供を立派に育てあげたからだ〉。若い頃は実家が裕福で恵まれていたようだが、結婚後は夫に先立たれ戦時下の過酷な状況のなか女手一つで四人の息子を育ててきた。

大島紬は、手紬糸を用いて地機で織られ、自家用として島民が着用していたが、一七二〇年（享保五年）頃、薩摩藩より「紬着用禁止令」が出され、薩摩藩への貢物として作られるようになった。また、ソテツは、戦時中の極貧下に沖縄、奄美大島、八重山諸島等で食べられており、この茎幹で作った粥を「ド（胴）ガキ・ドガキガイ」と呼び、第一次大戦後の世界恐慌期からの慢性的不況下の極度の窮迫状況下では、毒性の強いソテツの実を食していた。あやのこのような生活は毎日の食べ物に困らない恵まれた生活を送るわたしたちには想像を絶するものがある。

一方、菊治伯父さんは地元の中学校を出た後、高等学校から東京帝国大学まで進学するという高学歴を持ち、その後、最難関の高等文官試験に合格し大蔵省に任官した。この頃の人にとっては大学進学ということ自体レベルの高いものだったはずで東京帝国大学という難関大学に進学した彼の学歴はとても高い。こうした経歴を持つ菊治伯父さんはあやにとって自慢の息子である。

たとえば、〈そうですか。菊治が皆さんのために骨を折ってくれましたか。菊治が偉くなれたのも、郷党の皆さんのおかげですから、当然のことをしたまでですよ〉と謙遜しつつ〈はれがましい〉表情で応対するのも、ソテツしか食べるものがなくそれでも紬を織りながら、厳しい状況下で菊治を官僚となる人間にまで育て上げた自分に対する矜持である。周囲の人間たちもあやの苦労や立派な母親としての偉業を認めていたことであろう。そうであるからこそ、〈鼻を捻じ曲げる癖〉や気の強さ、したたかさにどんなに辟易していても、強く口出しできないしまるで頭が上がらないのである。

＊

ではなぜ、尊敬されるあやは〈東京行き〉だけは許されないのだろうか。二つが推測される。一つ目はこの小説のタイトルになっている〈ハジィチ〉そのもの、二つ目は、菊治伯父さんの娘たちの結婚の問題である。

〈ハジィチ〉とはいわゆる「イレズミ」のこと。ただ、あやの施している〈ハジィチ〉は現代人がファッションで施すものとは意味が異なる。〈病気をしないし長生きできる〉〈極楽往生できる〉〈最高のお化粧〉等、奄美大島の女性特有の風習だが、ただ、何も知らない本土の人が〈ハジィチ〉を見ただけでこうした理由を推測するのは不可能で、老婆が「イレズミ」をいれているのを本土の人が見れば違和感を持つのは当然だろう。

そうであるなら「イレズミ」に対する偏見は「イレズミ」そのものへの偏見ではなく、周囲の人たちが施す理由や施している人たちに持っているマイナスイメージそのものの中にあると言えるだろう。菊治の嫁が〈あやを絶対に東京へ寄越してはだめよ〉とはっきり言っているようにあやのハジィチを見せられて最も困るのは、菊治伯父さん一家である。娘たちの嫁入りの際にあやの存在が何らかの障害になり得るからである。相手の親族にハジィチをしているあやのことがばれたら困るのである。ということは、〈ハジィチをいれているから〉ということが理由というよりもむしろ〈ハジィチ〉を施していることによって〈本土の人間ではない〉ということへの差別意識が根底にあるということだ。

＊

菊治伯父さんの娘たちの婿や親族は、小説中には登場していない。良い縁談があり話を進めているところだとのみ書いてある。その婿の親族たちに差別意識があるのか確認しないまま（おそらくある）、松子さんたちが勝手にあやに偏見を持ってそのような心配していたとしたら、それは松子さんと娘たちの偏見によってあやの〈東京行き〉が阻止されたと言ってもいい。菊治伯父さんも奄美人として差別意識と戦っており、それゆえまた彼も本土の人からの差別意識に対して過敏になっていた。

ただ、菊治伯父さん一家のような一部の人たちのみが、奄美に対して意識過敏になっていると述べたいのではない。やはり、当時は実際、琉球・奄美諸島をはじめとした南島に対する偏見や差別意識は強いものであった。それは今でも同じで、たとえば、オスプレイをはじめとする米軍基地の問題では、住民にほとんど説明を行わず無理矢理に事を進めていたり、住民に対して嘘をついたりするような暴挙もその延長線上で考えてもいいだろう。

こうした本土人の奄美人への接し方は、菊治伯父さん一家をはじめとする本土側の人々の、あやへの対応と相似形である。「ハジィチ哀しや」の登場人物は奄美を拒む本土の人々と、奄美を日本の一部として本当に受け入れてほしい奄美の人々、また本当は自分も奄美人なのだが立場上は本土側に逆らえない人々をそれぞれ表しているように思われる。典型的な本土側の人々は松子さんとその娘さんたちであり、本土側に逆らえない奄美の人々は菊治伯父さん、そして徳太郎をはじめとしたカツミの一家も含まれる。奄美を受け入れてほしいと願い、それを声を大にして叫んでいる奄美の人として書かれているのは「あや」しかいないのではないか。あやの〈東京へ行きたい〉という願いは「奄美も日本の一部だと認めてほしい」という奄美の人々全体の願いと通じている。あや自身を東京へ受け入れてもらうこと自体が奄美を日本に受け入れてもらうことを表しているのだ。しかし、こうした願いは最期まで叶うことがなかった。

登場人物の中で最もあやを疎外したがっている人は松子さんであろう。なぜなら、松子さんは〈あやを絶対に東京へ寄越してはだめよ〉とはっきりと拒んでいた。菊治伯父さんにも上京を反対するような台詞があるが、菊治伯父さんが反対している理由は〈松子が反対しているから〉であり、むしろ菊治伯父さんは〈わしも、あやの上京に絶対に反対というわけじゃないんだよ。娘たちが嫁ぐまであと三年、あやを奄美になんとか引き止めておいてほしいんだ〉という。菊治伯父さん自身はあやを拒絶する気持ちはないが、あやが来ることによって娘たちの結婚に影響が出ることや、松子さんたちが実家に帰ってしまうことが菊治伯父さんにとっては避けたいことなのであろう。

しかし、松子さんや菊治伯父さんがいう〈娘たちの結婚に影響が出る〉という理由は、孫たちの結婚を祝ってやりたいという気持ちを完全に無視した松子さんたち側の「勝手な都合」である。確かに良い縁談があるにも関わらず、あやの存在のせいで縁談が駄目になってしまうのは菊治伯父さん一家にとってつらいことであろう。ただ、この一家のいう〈良い縁談〉とはどのような点で〈良い〉といっているのであろうか。すなわち、徳太郎が〈松子奥さんは、江戸旗本の家系の人だから、シマンチュとは嗜好がちがう〉ということを指す。松子さんは、江戸時代から続く〈良い〉家柄の出であり、差別の対象とされた奄美出身であるあやを同じ家族と認めたくないのではないのだろうか。きっと、娘たちに縁談を申し込んでいる婿の親族たちも〈良い〉家柄の人たちなのだろう。それゆえ、菊治伯父さんのほうの家系が奄美だと知られることで自分たち親族の名に傷がつき、縁談が取りやめになることを恐れているのであろう。松子さんの実家は深川で大きな材木商をやっており、もしかすると、この娘たちの縁談は松子さんの実家にとって何かプラスになることがあるのではないか。こうした状況から判断すれば、すべては松子さんたち側の「かってな都合」である。本土の人々が奄美に一方的に差別意識を持っているからこそあやは東京に行くことができないのだ。

もしも、この都合をあやにすべて説明したとしてあやは納得して東京行きをあきらめるであろうか。あやにすべてを正直に説明する場合、もっとも説得できる可能性を持つのは菊治伯父さんだ。なぜなら、菊治伯父さんはあやの息子でありその中でも彼女にとって〈誇り〉であるからだ。あや自身の苦労を〈官僚になって華々しく活躍する息子〉となって実らせてくれたのは、菊治伯父さんに他ならない。彼が、あやに「嫁の松子をはじめ本土出身の人たちは、奄美の人たちに偏見・差別意識を持っている」「あなたが来ると娘たちの縁談に支障が出る」など正直に話すとすれば、この言葉にあやはどのような反応をするのだろうか。

あやは、納得しないどころかきっと怒りを露わにすることであろう。彼女が、上京のために準備した土産にアオサやハブ酒といった奄美特有のものを自慢げに挙げ、奄美民謡を孫たちの結婚式で披露するのだと意気込んでいることからわかるとおり、自分の生まれた奄美大島に強い郷土愛を持っている。息子の嫁や孫たちが奄美大島に差別意識を持っていることを知れば、もちろん、納得がいかないどころか悲しむに違いない。

ただ、あやも長いこと生きてきたのだから本土から持たれている偏見に対して完全に無知であることはないだろう。ただ、それがここまで自分の身に迫ったことだと意識したことはないだろう。わたしたちも日本人として、アメリカをはじめとした白人人種の人々に「イエロー」や「ジャップ」等という言葉で罵られ蔑視されることがあると軽く知識としては知っていても、その差別を身近に感じることは日本の中で暮らしていればそれを感じないのと同様だ。

しかし、もしも白人たちに「お前らは日本人だから白人のわたしたちよりも程度が低いのだ」

と改めて言葉にして差別意識を露わにされれば、やはり怒って否定するだろう。それと同じように、むしろそれ以上に、奄美に大きな誇りを持つあやは怒りや悲しみを持つと考えられる。それゆえ、あやに松子さん一家の都合を正直に説明したとしてもあやは決して納得しないであろう。〈なぜ、あやが東京へきたら困るのか、説明しても、シマンチュ（島の人）のあやには理解できないでしょうからね〉という徳太郎の言葉がそれを裏付けている。

菊治伯父さんや徳太郎たちは嘘をついてでもあやを奄美大島に引き留めようとしているが、一方、彼らに比べて勝三郎伯父さんは、あやの東京行きに反対することに対して躊躇や申し訳なさはあまり持っていないように感じられる。もしかすると、押し殺しているだけなのかもしれないが、他と比べてその葛藤の描写は少ないように思う。

＊

以上、主に菊治伯父さん一家と徳太郎等、大人たちに焦点を当てて論じてきた。では、カツミはどのような心情でこの状況に身を置いていたのだろうか。この物語で、カツミはただ語り手として書かれている。だからこそ、カツミの視点は他のどの人物よりも客観的であるようだ。カツミの言動や気持ちの動きについて述べてみよう。

カツミはあやに〈ハジィチは消せないのか〉という会話をしたことを回想し、〈ハジィチがあると、東京の菊治伯父さんの家へ行けなくなるんじゃないの?〉という質問や〈アイヌの人や、台湾の高砂族と間違われるからだよ。だから、菊治伯父さんの家族はいい顔をしないと思うよ〉

とあやをたしなめる表現が出てくる。しかしこれらの言葉は両親がしていた会話の〈受け売り〉であった。こうした〈両親の会話の受け売り〉について考えると差別意識というものは親から子へ継承されるものではないかということに気づく。ただ、カツミは完全に周囲に影響されきっているわけではないようだ。それはみんなで勝三郎伯父さんの家を訪ね、あやと対面する場面から理解される。徳太郎は〈東京は、皆元気ですから安心して下さい、とのことづてでした。松子奥さんも、三人のお嬢さんたちも、おばあちゃんの健康と長寿を東京の空から祈っています。と、ことづけを頂きました。〉と嘘の伝言をつたえる。それについてカツミは〈父うちゃんの嘘つき!〉と心の中で罵るのだが、この場面で理解されるのは、親族たちにいっけん従順なように見えるカツミも、あやの意思を完全に無視したり嘘で誤魔化したりする大人たちに軽蔑の念を持っているということだ。しかし、〈心の中〉でしか罵ることのできないカツミはやはり大人たちに教えこまれた〈仕方ないのだ〉という思考に、どこか抑圧されてしまってもいる。あやに対しての同情や上京に反対する親族たちへの嫌悪等の感情をカツミが露にする場面は、この場面のみで、カツミの視点で書かれてはいるものの、当のカツミの心情はほとんど語られることがなく、他の人物の言動やカツミの推測に基づいた彼らの心情が淡々と書かれてゆく。

物語の最後の場面で、あやを置いて徳太郎が帰ってしまうシーンでカツミはあやが待合室に入った隙に〈今だ!〉と胸を高鳴らせる。〈父うちゃん、あやは、便所に入ったよ。はしけに乗んなよ。早く早く〉と父をせきたてるのはカツミだ。徳太郎が、無事はしけに乗った後も〈ここにいたらやばい〉と思って喜界島行きの船が出る桟橋へ向かう。この時点で、カツミは完全に〈本土に逆らえない人々〉もしくは〈本土側の人々〉になってしまっていると考えていい。徳太郎をせきたてはしけに乗せたり〈ここにいたらやばい〉と思い桟橋に向かったりするカツミには徳太郎たちに対する軽蔑や嫌悪も、あやに対する同情も感じられないからである。

＊

現代の普天間の米軍基地問題でも住民たちにその場しのぎの嘘をついてなだめるようなことがあるそうだが、そのやり方とも共通しているようだ。座り込みなどの住民運動をする人々に対して、沖縄住民であるはずの現地の警察たちが無理矢理とも思える処置をとることがあると聞いた。本当は住民の一人であり沖縄の味方をしなければならないはずの人々が、立場上、差別する側の本土に味方しなければならないという矛盾した状況が、松子さんたちに逆らえない菊治伯父さんや徳太郎たち、そしてカツミと重なるように感じられる。

差別や偏見が「意識」だけで済めばまだ良いのだが、「ハジィチ哀しや」のように偏見をもたれる側の人間の意思が無視されたり不利益を被るようなことがあったりするのは、被害者としてはたまらないことだ。あやがソテツ地獄という苦しい状況下で紬を織り懸命に息子たちを育てなければ、菊治伯父さんは官僚として成功しなかったであろう。それを考えずに、松子さんは「官僚」という肩書きだけに魅力を感じて菊治伯父さんと結婚したのかと考えると菊治伯父さんは、ある意味では結婚で失敗しているのではないかとも思う。もしも、家系等を気にしない奥さんと結婚していれば、あやも東京へ行って孫たちの結婚式で祝いの奄美民謡を嬉しそうに歌っていたのかもしれない。また徳太郎もカツミとともに、逃げるようにしてあやを奄美大島に置いていくことはしなかったであろうし、菊治伯父さんも喜んで母親であるあやを歓迎したかもしれない。

あやが東京に行けない理由は「本土に根付く奄美への差別意識」そのものであると考える。安達征一郎はこの作品を通して、表面的には日本の仲間入りを果たしているように見える奄美諸島が、本土から「日本の一部だ」と認められているとは思えないと主張しているのではないだろうか。

あやを周囲から煙たがられる存在として描くことにより、奄美全体がどこかいまだに感じている疎外感のようなものを表現しているように思える。一見、あやのしたたかさや気の強さがコミカルに描かれているように思えるが、文化の垣根を取り払う作業がこの物語には息づいているように思えた。

Ⅱ　安達文学の原風景

文学碑に立つ安達征一郎、撮影：平成22年11月28日

赤連海岸通りを歩く

北島公一

赤連海岸通りは、喜界島第一の街赤連と湾が湾港を挟んで接する赤連側の海岸通りを言う。湾漁港の入り口右側から海へ延びる三〇〇mくらいの通りだ（筆者の視点は陸から海、島の北側を見ている）。湾港の淵に立って見はらす海は東シナ海、水平線が鋭く空と海の青を切り分ける。この海岸通りを挟んで左右（東西）に広がる小宇宙が『小さな島の小さな物語』の舞台だ（昭和八年〜一六年頃）。この「小宇宙」と言う文言は安達征一郎氏の文学碑にも刻まれている。この珠玉の掌編集はまさに南海の孤島・喜界島に浮かんだ小宇宙だ。同書を手にしばらく作者の作家の魂を育んだこの小宇宙を彷徨ってみよう。

＊

現在は運搬業や建設業のトラックがひっきりなしに通る海岸通りだが、離れて街中を歩けば静かな裏通りが延び、「赤連海岸通り」に表れる数々の愛すべき人物が今も窓から顔を出す。フジナミさんとアセーが切り盛りしていた「ふじや旅館」は今はなく、岸壁になっていて、奥田ばあさんの「奥田旅館」も今は無いが近くには「碇山旅館」と「みなとや旅館」があり、今も出張の業者が泊っている。少年（物語の主人公）に本を貸してくれた大山君と西平君の父親が勤める農業会、西平酒造も今は無く、それぞれ建材屋、別酒造会社になっている。少年の家は菓子屋を営み、ふじや旅館と通りを挟んで向かい側だ。

徳田球一の母親や朝鮮の飴売り青年をはじめ、種々の人物が往来していた海岸通りは人種の坩堝的状況であり、それは少年に都会という眩しい別世界が存在することを教えてくれた。その状況は今でもそれほど変わらない、喜界島に船で入って来るまれ人（マレビト）はまずこの海岸通りを通る。片や空港にその役目の一部を譲ってはいるが、今でも島の玄関口としての位置をしっかりと保っている。この海岸通りは観光スポットや町の中心であるわけでもなく、作者は〝小景〟であるが〝深い意味がある〟と言っている。

＊

現在の湾漁港あたりは当時（『小さな島の小さな物語』の舞台時期）は砂浜であり、沖縄のイトマンが漁のため来島しここに一時期居住していた（春から初秋頃という）。彼らは三角テントを張って寝泊りしていた。「泡盛ボックヮ」のヤトイングヮのイトマン少年が乗っていたサバニもすでに無く、一〜二人乗りのエンジン漁船が沖を往来している。学校も満足に行けないイトマンの少年は島の少年たちからは苛められる対象だ。それでも平然としたこの少年の態度は彼なりの社会対応術だったのかもしれない。眩しい青の海の上で少年が身に付けた情念は何か？

そのイトマン少年は人の命を救う正義も見せるが、沖の海の上で爺父を〝殺す〟こともする。彼の過酷な人生が内面に住まわせた闇なのか、それともカミュの「異邦人」に表出されるような不条理の世界が現実化されたのか……。光は闇を含んでいる。〝すべて海のなせる気まぐれよ〟とでも言えばなぜか納得してしまうのだ。我々は想念を抱えたまま波打ち際を彷徨っていくだけだ。

＊

現在の湾漁港の右側は当時、小さな入江になっていてそこには「マーラン船」が泊っていたという。マーラン船は帆を張った朱色の美しい船だ、山原船《やんばるせん》ともいわれ、琉球域内を馳せ巡っていた。実際に湾漁港にマーラン船が浮かんでいる写真も存在する。その船に乗ってコケティッシュな美少女がやって来ればそれだけで島は〝事件〟だ（「かなちゃん」）。島に来た理由は「恋愛問題」だと。さらに事件の輪が大きくなる。大体、少年の青春時代はそのような女子に出会う事で扉が破られる。少年は翻弄される。いきなり接吻されたり、白い太ももを見せられたりと。だが、舞いあがった少年の頭上に神田青年が現れる。少年も神田青年には敵わない、あこがれの対象だ。

赤連からは見えないが島の少し上へ行くと奄美大島が見える。そこにある名瀬の街は都会だ。かなちゃんは神田青年と名瀬へいき、映画を見、喫茶店でコーヒーを飲む。物理的距離感と心的距離感が二重に少年を苦しめる。この物語はこの三人の恋愛三角関係だ。我々の少年時代がぴったりと重なる。結末は戦争が二人を殺して終わる。湾港の水平線の上に、マーラン船に乗ったかなちゃんと神田青年のガラス人形が浮かんでいる。

＊

現在の海岸通りにはガジュマルの大きな木などは無い、町並みは整然と整えられている。当時の奥田旅館の近くにはガジュマルの大木がある肥後さん一家が居て、さとさんには三人のキュラムん姉妹がいて大島紬を織って暮らしていた（「三人の娘」）。

当時の人の記憶では奥田旅館というのははっきりとは認識されていない。「何か建物があったけど旅館やっていたのかな、奥田ばあさん（アヤさんというそうだ）は近くに住んでいたが、通っていたのかな？」という感じだった。ふじや旅館より格下だったらしい。それがかえって〝ものがたり〟を生み出した。奥田旅館には雑多な行商人が出入りしていた。朝鮮の飴売り青年、修業中の画家、海洋学者の卵、等々。当時の喜界島には、貧しくても活気があり希望があり、物語がうまれた。

三人のキュラムン娘たちは周囲の縁談には目もくれなかったのに次々にこの三人の〝得体の知れない〟男たちを追って島を出て行った、都会のにおいのするこの男たちを。赤連海岸通りのその先には岸壁があり、船着き場があり（当時も現在も）、都会の風は吹き込んできて島人を誘惑する。三人の娘の物語はそれぞれ成功談で終わり、我々は安どする。そういう状況は島人にとっては多くは無く、意識の深層で渇望しているのだ。

＊

奥田旅館と海岸通りを挟んで海側にはふじや旅館があった。近くの御殿浜《うどんばま》で少年たちは北風（島ではニシカゼという）が吹くころにやって来る小型の渡り鳥を釣り針を使って捕える。この鳥は作品の中では名称は出てこないが島の人に聞くとツグミの仲間の腹部が白い「シロハラ」ではないかと言っていた、若しくはヒヨドリか。ふじや旅館に療養に来ていた八重子はそれを見て、可哀そうだと咎めるところから物語は始まる（「春になれば……」）。この小型の渡り鳥たちは現在もうどん浜にやって来るのだろうか。砂浜も消え、現在はコンクリート作りの琴平神社が残り、ノロの祭儀の場であった「うどん浜」という名前だけが当時を偲ばせる。

島の冬は寒い。意外だが〝南海の楽園〟とは程遠い。低い台地状の喜界島の上を北風が吹きまくる。海、空の交通もしばしば遮断される、現在でも。胸に病を持つ八重子にはこの北風と残酷な鳥釣りは耐えられない。この無慈悲な孤島の北風は船を止め、主人の出征の見送りと娘との再会という八重子の人並の幸せを打ち砕いてしまった。少年はまた八重子から世の中に「文学」があることを教わる。島に入って来る人や情報は直線的に都会へ誘うが、文学は空間的に社会の中へ少年を誘う。著者はこの物語の「はじめに」の中で「安達征一郎という作家の「魂」は、この狭いエリアの中で生まれた……」と述べている。その魂の種子を与えてくれたのは八重子であろう。春と秋が無く〝夏〟と〝冬〟しかないこの厳しい島で人々は希望だけは離さずにいる。

＊

「喜界島のさくら」の舞台がどこか特定も推測もできない、海岸通りの何処か、としておこう。

漂流した青年を助ける島の人々の温かい交流が描かれている。仲間、折田、鼎、竹之内、西平等、寸でのところで個人を特定できそうな名前が出てくる。読者子はフィクションと思われるかもしれないが、この、皆で青年を助ける情景は「ゆい」の精神があるこの島では現在でも日常的な風景だ。孤独死等という言葉は今まで聞いたことがない。

四国から送られてきた染井吉野の桜が育たないことが解っていても桜の花を皆は恋焦がれる。なんとか咲いた三十輪程の桜の下でおそらく喜界島初めての花見の宴が開かれる、里沙さんの二胡で。赤連海岸通りに響いた二胡の音色はいかばかりであったか。島では緋寒桜は咲く。本土の染井吉野より早く二月頃に。でも風に弱い様で木立に囲まれた中でひっそりと咲いている。〝里沙さくら〟の代わりに緋寒桜が赤連海岸通りの何処か、咲いていていないか。

＊

満月の夜、島の海は銀色に輝く。「月の光に濡れる」という表現は事実だ、しっとりと肌に絡みつき、人の魂を銀色の海へ引きずり込むようだ（「ミツコの真珠」）。海岸通りに気のふれた栄養の悪い痩せた女がいて、少年たちのいたずらの対象だ。ことある毎に女にいたずらする。女も負けてはいない、種々反抗を試みるが弱い立場、海に追い詰められたりする。女は「若いころはキヨラムンだった」と少年の母はいう。男の身勝手で騙されたように島につれてこられた女は苦しい島の生活に耐えられず気が痴れてしまう。奥田ばあさんや、海岸通りの人々は女を温かく見守る。島には不幸な人も多いが、それを守る人たちも多いのだ。

女は少年によく言っていた。光る海をさして、……流れ星が人のマブリ（魂）になって巨大な真珠貝に吸い取られて、大きくなって光っているんだよ……と。

ミツコが病になって重いという。皆でミツコを光る海へ連れて行ってあげよう、ということになり、満月の夜にミツコを舟に乗せて海へ連れて行く。人の魂を引き込むような銀色に光る海へ。光る海を見たミツコは何回もうなずいていた、息は荒かったが気は安らかだった。その三日後にミツコは息を引き取る。

ミツコはいつも海からの語りを聞いていたのだ。〝ミツコ、もういいよ、いつでもここに帰っておいで。辛いことがたくさんあったろうけどこの真珠の中でゆっくり休みなさい、もうなにも心配することはないよ〟と。

満月の夜にはいまでも赤連沖の海からは光が発せられ、ミツコがその中に静かに座っている、という。

＊

海岸通りのはずれ近くに石壁作りのトタン屋根の小屋がある、実際に。物語のなかの「磯さん」が住んでいそうだ（「双眼鏡」）。石壁は石を積み上げた石垣状になっている。喜界島は石垣の島である、この様な小屋に人が住んでいたとしても当時はそんなに違和感はなかったかもしれない。その小屋は昔石油倉庫だったようだ。

海は人を哲学者にする。渚を歩いたり、たゆたう海を眺めていれば、我々は、人間とは、命とは、自分とは…と瞑想する。一人で小屋に住み哲学者になっていた人間が「磯さん」だ。少年は磯さんと仲良くなり、胡麻化した黒砂糖を缶に入れて持っていったりする。磯さんはいつも双眼鏡で海を眺めている。少年が聞いても「何も見えないけど」ととぼけたりする。でも「心が安らぐ」という。宗教的祈りにも似て磯さんは悟りの境地の様な心境だったのではないか。海はその力でもって人に安らぎを与えているのだ。

だが、世の中は日米開戦非常時の風雲が流れていて、それは喜界島の磯さんの小屋にまで吹き込んできた。特高が磯さんの奇妙な行動に目を付けて取り調べを受ける。静かに海を眺めることすら厳しくなった。少年は、朝鮮の飴売り青年の事など「世の中には理不尽な事が存在する」と「魂」を育てていく、この赤連海岸通りで。

＊

離島に住んで幸せを感じるときがある、それは海辺に流れ着いたユリムン（寄り物）を拾う時だ。このユリムンは単に拾いものではなく、神聖な意味合いもあった様で必ず村のノロ（神女）に届けた。流れ着くのは南洋系の大きな材木で、これは流れ着いた村の収益であり、看板の支柱などに利用したりする。赤連の下、塩浜の海岸にはその大きな南洋系材木が流れ着いたりしている。ユリムンは外国の〝物語〟ももたらしてくれる。

このユリムンを拾ったために人生の幸、不幸を同時に味わった人が山城太一さんだ（「待ちぼうけの人生」）。手紙、写真入りの漂流瓶を拾った太一さんはその南国の美少女に思いを馳せる。一回だけならまだしも、二回同じ少女からの漂流瓶を拾ってしまったのだ。太一さんはこの少女との「運命」にがんじがらめに縛りつけられてしまった。それ以来、三十年間太一さんは三度目の便りを待ち続けた。五十歳も過ぎ、孤独な人生を選んでしまった、と思われてしまう。

島の人の島外の異国の世界に寄せる思いは強いのだ。奄美、沖縄南島の神話には海の向こうの世界に「ニライ、カナイ」がある、そこからは恵みをもたらしてくれる神がやって来る。太一さんの「ニライ、カナイ」はその南国の美少女だったのだ。一途に海の向こうの世界に思いを持ち続けてきた太一さんの人生は幸福であった、のか不幸だったのか。海はまた勝手に適当なものを送りつけてきて人間を弄ぶ。

＊

私は、以前から我々南島人の脳内地図は「執着」「離脱」そして「疎外」であると思ってきた。生まれ育った独自文化の南島に対する〝戻りたい〟という「執着」、個人を縛りつけてくる習俗、習慣から〝逃げ出したい〟という「離脱」、そして、本土中央の社会生活上の違和感から〝弾き出される〟という「疎外」。

これは人毎に「執着」の人、「離脱」の人、という事でなく一人の人間の中でこれらの観念が三つ巴で渦巻いている、ということだ。人毎にそれらの軽重はあろうが概ねこの三位相はあてはまる、と思っている。「自分は島に対してナチカシャ（懐かしい）の気持ちしかないよ」といってもそれは「離脱」「疎外」感が比率的に小さいか、それからの無意識の逃避か、忘れているだけのものである。私等は東京でも奄美の話は珍しがられ、得意になって南島文化論をやるのだが、ただ彼らは珍しもの見たさだけであってそれ以上我々の文化論へは立ち入ってこない、本土文化論との違和感、若しくはそれからの「疎外」なのである。

「ハジィチ哀しや」はその「疎外」がテーマである。島外の名瀬（現奄美市）、東京が舞台だ。東京の自慢の息子家族に会って色々尽くしてあげたい、という暑苦しい迄の土着情念としか言いようのないアヤの気持ちが通じない。人生を掛けて誇りに思ってきたハジィチ迄も否定されてしまう。東京と名瀬の身内からさえも疎外されてしまうのだ。

物語の作者はアヤを東京へ行かせなかった、行かせてしまえば更に悲劇を書かざるを得ないからだ。アヤを東京であばれさせても帰って来るアヤは孤独であることは解っている。

ただ、この物語が哀調にならないのはアヤのパワーのお陰だ。アヤの南島文化パワーは本土文化と対峙したままで折り合う事は無かった。

赤連海岸通り彷徨も終りに近づいた。振り返るとそこは現実の赤連で、人々が忙しく動き廻っている。時は経ち、人は変わっても、ここが小宇宙であることは永遠に変わらない。

（喜界島郷土研究会会員）

森永克己のいる風景

得本　拓

冬の海は時化る。冬場、定期船の喜界島接岸は、北風の当たらない南側の港、早町港が多いのだが、今回はいつもとは違い北側、湾港への接岸となった。

早朝四時二〇分、湾港に入港そして下船。迎えを期待していた人の姿は見えない……。下船に遅れたことでタクシーも出払っていた。夜が終わり、陽が昇るまでまだ時間はある。凪の船旅で十分に眠れたこともあり、凛と冷えた朝の空気の中、家まで歩いて帰ることにした。幸い、ほぼ日帰りの船旅、荷は軽い。

船舶事務所の前の十字路に、海を背にして立つ。ここが安達文学でいう赤連海岸通りの一端。まんなかの道は湾に沿って延びており、島の中心地の湾・赤連集落の商店街はその先にある。

右は以前の船着き場。それがすぐそばに見える。昭和三十八年に名瀬・喜界間に就航した「くれない丸」が接岸していた埠頭である。鉄製の新造船として華々しくデビューした当時の、白い船体が今でもまぶしく思い出される。就航期間の末期には、エンジン不調で漂流することもあり、いつまでたっても「日が暮れない丸」、そう揶揄されたりもしたが、庶民の足として親しまれ愛された船だ。

左側、東の空を見る。星空はまだ輝きを残していて、その下には、緩やかにカーブした道路が街路灯に照らされている。ゆるやかな登り勾配の道で、先には酒造会社や自動車整備工場があり、池治・中間集落に到る県道バイパスである。その坂道の左途中に、石造りの古い倉庫が在る。倉庫の前に自生している竜舌蘭と共に街路灯に照らされ、白く浮かんでいる。大正十年頃に、イシワリテージュ（石割ていじゅ）と呼ばれていた石工が建てた倉庫で、そこには、荷揚げされた石油が保管されていた。明治四十四年生まれの私の父、得本維宗夫は、イシワリテージュの元で石運び・石割りの手伝いをして小遣いを貯め、それで文房具類を買ったことを自慢して話す。石油は頑丈な木枠に二缶ずつ梱包された状態で陸揚げされ、その倉庫にしばらく保管された後、島内の各商店に一缶ずつ運ばれたという。一店に一缶のみの保管がその当時許されていた、とも父は言う。

左右を確認し道路を渡り、町の中心に向かって歩き始める。三〇メートルも進むと道路は右にカーブする。その手前の海側には、平成二十二年に建立された、安達征一郎文学碑が湾を背にして建っている。照明施設は無く、近くの街路灯が碑文正面に小さく反射している。ボランティアグループ「きばろう会」が共同製作したベンチが、記念碑の後ろに見える。

この周辺一帯は、奄美本島に沈む夕日を湾越しに眺めることができ、夕涼みには格好の場所であった。塩浜につながる広場（イチリバナー）が段丘の上にあり、戦後は、三味線やマンドリンを携えた若者達が集い、唄遊びなどに興じる交流の場であったという。ここで文学が語り合われたらいい、そんな思いもありベンチは文学碑の側に設置された。

右カーブした道路の突き当たりには、碇山旅館・旧喜界町商工会の建物があり、以前は、黒糖の検査場や大島から運ばれて来た原木の製材加工所もあった。

その向かいには、チッコー（築港）と呼んでいた、船をひき揚げる傾斜したコンクリートの基盤があった。鉄製のレールが敷設されており、それは二本の黒い線となって海中まで延びていた。干潮時には、海藻・ノリが付着した部分が露出し、滑りやすいその部分は、子ども達には格好の遊び場でもあった。傾斜面をソロリソロリと移動する大人をしり目に、子ども達は、陸側から小走りに助走して海藻の手前でジャンプし、海藻付着面に接地し、そのまま身を屈めて海の中に滑り込んでいく。下手をすると大けがをしかねない危険な遊びだが、それを注意する大人はいない。大人も子どもも大小さまざまな危険を引き受けながら生きていた。

小学生時代の大半を海で過ごした私の友人の話しがオモシロイ。昭和三十年、四十年代、娯楽の少ない島には、相撲やサーカスなど様々な興業がやってきた。プロレスもその一つで、近くの旅館にその一行が宿泊した。ジャイアント馬場が滑走を楽しむ子ども達を見て自分も試してみたくなったのだろう。やおら真似をしてジャンプした。ところがあの長い足が災いし、巨体はバランスを欠いたまま宙に浮き、彼は後頭部からコンクリートに倒れ落ちた。子供達は大仰天、そして大喝采だったという。彼が、例のブーツ姿であったかどうか、それは聞かなかったが、ジャイアント馬場のリング外での珍闘であった。

今その現場は、接水面が切り取られ、鉄製レールは剥ぎ取られ、一部が露出したまま放置されている。チッコー自体も、コンクリート壁で遮られて、道路から見ることはできない。

人の移動が船から飛行機に変わり、旅館からビジネスホテルへと宿泊も変わりつつあった昭和五十年代、海岸通りにはまだ四、五件の旅館があった。海岸通りに面して、二階立てのK荘があった。その二代目経営者は、面倒見のいい兄貴分で、おおらかな性分がお客にも好評で、離島ブームが去った後も常連客に利用されていた。

昭和五十八年八月二十四日未明、近くの飲食店で火事が発生した。火は瞬く間に拡がり、K荘にも燃え移った。宿泊客の安否が確認できずにいたK荘の親父さんは、その救出のために炎上する旅館に引き返す。旅館の裏手に脱出した宿泊客は、鎮火後に無事が確認されたが、火の海に飛び込んだ彼は帰っては来なかった。一三五〇㎡を焼き、十世帯、三十三人が焼け出され、死者一人、四十歳、と町広報紙には載っていた。

そのK荘の跡はまだ更地のまま残っていて、その一画は、安達征一郎（森永克己）が島ですごした家であり、近くには、映画「島育ち」のロケでも使われた老舗の折田旅館がある。K荘の隣には、おばさん二人が経営していた食堂がある。姉妹だったのだろうか二人が出す島料理は、年期が入った味が好評で、島の調査・研究で図書館を訪ねる学生達と一緒によく通ったものだ。もう店を閉めてから長くなる。そういえば、よく来島し唄遊びに興じた伝説の唄者、里国隆がよく利用していた店でもあった。

さらに進む。右側、海岸側には、陸揚げされた漁船や釣り船が並んでいる。なだらかな傾斜を降りていくとそこは漁船の係留場。今はコンクリートで固められているが、以前は近隣の生活用水が流れ込む汚れた渚であった。靴やビンなど種々雑多なものが放置され、人間の営みがそのまま見えた。生活雑貨だけではない、現実の政治そのものが流れてくることもあった。米軍の射撃訓練の標的として使われ、漂流していた無人小型ジェット機が曳航され、長くそこに放置されていた。オレンジ色の機体を波打つ海は、当然、沖縄、アメリカとつながり、そして日米安保という現実ともつながっていた。四十年程前のことである。

その漁船係留場の向かいには、高校の先生が下宿していた。柔道の先生で黒ブチの眼鏡をかけ頑強で無口な先生は、夕方になると道路そばのガードレール前によく立ち、遠くをながめていた。卒業後しばらくして、その先生が脳腫瘍で亡くなったことを聞いた。今、そこに渚があったという面影はみじんもない。しかし、自らが存在していたことを証明するかのようにわずかに砂地が露出し、その上に石積みの岸壁が残っている。積み上げられた石垣は後年コンクリートで補強され、その上に盛り土した造成地があり、駐車場として現在使われている。

大正五年生まれの私の叔母、秋元キワは、昭和十一年、その渚の近くで雑貨商を営む秋元家の三男、秋元田嘉治《たかはる》さんと結婚する。昭和十四年、念願の第一子が産まれる。結婚、出産そして育児、女性の幸せを実感しながら、二人は家業をより確実にするために、海から土留めとして石を少しずつ運び浜に積んだ。そこに土を盛り、壁を重ねて土地を造成した。商いも家庭も順風満帆に進んでいるそのさなか、昭和十五年、田嘉治さんは召集を受け、身重の若妻を残して戦地に向かう。翌十六年、叔母は第二子を無事出産し、娘を抱いた写真を彼に送りそのことを知らせた。叔母は、家業を切り盛りし、育児を続けながら、戦中・戦後、ただひたすら夫の無事を祈り、帰りを待った。

長かった戦争も終わり、待ちわびる彼女の元に届いたのは、南方ブーゲンビル島タロキナの戦いで夫、田嘉治さんが昭和十九年三月に死んだことを告げる一通の公報であった。それも、戦後昭和二十一年になってからのことであった。その悲しみは、言い尽くせない。叔母は、悲しみをのみこみ、身を粉にして働き、女手一つで二人の子どもを育てた。

時代に翻弄されながらも、嫁ぎ先の家・屋敷を守り、田畑を耕し、舅・姑を介護し、そして看取った。長く夫の供養の日々を一人ですごした叔母も、平成二十四年、五月、娘夫婦に看取られながら、九十六歳の人生を終えた。戦中・戦後の叔母の苦労を、書き尽くすことはできない。

忙しい合間に、夫を手伝い、そして、夫亡き後は舅が手伝い、海からサンゴ石を運び、一つ一つ積み重ねて、叔母達が築いた石垣は今もある。その石垣の由来を生前叔母は、ポツリと私に語ってくれた。

叔母が守り抜いた秋元家の正門は、変形交差点に位置している。ここが赤連海岸通りのもう一端であり、海岸通りは、ここで始まりそしてここで終わる。その交差点を、更に直進すると天神通りで、その先には天神山の赤連側の鳥居がある。右に行くと中通りや本町通りがあり、その途中には、港で旅人を見送った後、必ず参拝し、航海の無事を祈ったコンピラ様がある。船が着く港から、波がうち寄せる渚までの三〇〇メートルに満たない距離の赤連海岸通りである。

海は道であり、その道から、石油が来た、プロレスも、日米安保も来た。多くの物と一緒に、多くの人がこの港に降り立ち、そして港から出ていった。行った人、帰ってきた人、帰れずにいる人、帰って来なかった人。いろんな理由があり、それぞれの目的があって、人は港に着き、港を発った。彼らは一様にこの通りを歩いて行った。

赤連海岸通りの両端に、石造倉庫と石垣は建っている。幼少の森永克己（安達征一郎）が会った人たちを、同じように二つの建造物も見ていたのだろう。集落全体を焼いた空襲から生き延び、戦後の乱開発から生き延びた二つの建造物は、その時代の目撃者として今も立っている。

行政や団体・組織が書かれた歴史を刻む大理石の記念碑ではない。ごく普通の人たちが、一つ一つ積み上げたサンゴ石の建造物である。存在をアピールするわけではない、ひっそりと建ち、ただそこに在ること、それを誇るかのように、その二つは建っている。

人は変わり、物事の価値も、時代時代の移ろいの中で変わる。そのような社会にあっても、変わらない人間の心の有り様を、安達征一郎は、『小さな島の小さな物語』の十短編で書いた。人生という長い旅にあって、その一時を赤連海岸通り界隈で過ごした人たちの普段の心の有り様を描いたところに、その短編の普遍性がある。普通の人々のごくありふれた生活の上に歴史は積み重ねられる。

時代に翻弄されながらも、自らの日々を誠実に生きた、多くの普通の人たち。彼らが以前ここに居たことをしっかりと証明するかのように二つの石造物は立っている。島の人たちが、日々の生活の中で見ていた、赤連海岸通りのランドマーク、その二つは今もしっかりと立っている。

（喜界町中央公民館参事）

安達文学管見

積山泰夫

昭和四十七（一九七二）年四月、私は新任の英語教師として鹿児島県大島郡瀬戸内町の俵《ひょう》中学校に赴任した。俵中学校は瀬戸内町の中心地である古仁屋の対岸・加計呂麻島にある（当時の全校生徒数は一〇四名であったが、少子高齢化・過疎化が急速に進行し平成二十五年度には八名となる）。

安達征一郎が『怨の儀式』で直木賞候補になり、新聞等で話題になったのは翌年（昭和四十八年・一九七三年）であった。奄美（瀬戸内町）出身作家の快挙に親近感と喜びを感じたのを覚えている。昭和五十五（一九八〇）年『日出づる海　日沈む海』で二回目の直木賞候補に挙がった時は、引き続き瀬戸内町の西古見中学校に勤務・在籍していたが、鹿児島県育英財団の国外留学生としてロサンゼルスに滞在していたので、その情報については残念ながら見聞していない。

私が実際に安達文学と出会ったと言えるのは、平成二十一（二〇〇九）年十月である。鹿児島県立大島高等学校での同級生である北島公一君が、私が勤務していた喜界町立上嘉鉄小学校に来て、「今度名瀬の県立奄美図書館で安達征一郎の講演会があるのでいっしょに行こう」と誘ってくれた。が、生憎と私は所用のために同行できなかった。そのかわり、近著・川村湊［編・解説］『憎しみの海・怨の儀式―安達征一郎南島小説集』（インパクト出版会、二〇〇九年五月）を買うのでサインをもらってきて欲しいと頼んだ。――同書の表紙を開けると、「積山泰夫様　安達征一郎　二〇〇九年十月二十四日」と署名と日付が記され、名刺が挟まれている。

これをきっかけに安達作品を本格的に読み始めた。巻末の川村湊の解説と年譜を丹念に読みながら、カラーマーカーで要所要所に印を付けた。そして、『小さな島の小さな物語』や代表作・話題作へと自分の興味・関心に基づいて読み進めた。

文芸評論家・尾崎秀樹は「作家の言行が、人間的興味の対象とされるのは、そこに個性的な生き方が読み取れるからだ。作品はその作家の体験あるいは認識のなんらかの反映であり、その軌跡に作品をあわせてゆくと、二重に興味をそそられる。……」と述べている（『孤高の鬼たち　素顔の作家』文藝春秋編、一九八九年）。――私の読書・文学研究はこの考えに大いなる影響を受けている。

さらに、翌年三月に定年退職の翌日（平成二十二年四月一日）から喜界町図書館勤務となったために、それが加速された。また、六月に発起人となって「安達征一郎文学碑建立委員会」を立ち上げ、その事務局の一員となったことで、安達文学とより深く関わることになった。

図書館長に就任して、喜界町図書館だよりに《文学散歩》のコーナーを開設し、縁の作家・作品・文学碑等の情報を連載することにした。三年間の連載の中から、安達征一郎に関する記事を紹介したい（文学散歩は敬体で書いてある）。

•《文学散歩②》～安達征一郎『小さな島の小さな物語』～

安達征一郎（本名・森永勝己。一九二六～、宮崎市在住）は、昭和四十八（一九七三）年『怨の儀式』、昭和五十五（一九八〇）年『日出づる海　日沈む海』で二回直木賞候補となった作家です。生まれは東京ですが、実家は瀬戸内町古仁屋です。日本の不景気で、両親が喜界島に移住したため、昭和七年から十六年までの少年時代（六歳～十五歳）を赤連で過ごし、湾尋常高等小学校を卒業しました。この体験を喜界島出身者が関東で発行している文芸誌『榕樹（がじゅまる）』（一九六五年創刊）第十一号（平成七年）から第二十三号（平成十九年）に、「小さな島の小さな物語」と題して十話――㈠赤連海岸通り、㈡双眼鏡、㈢ミツコの海、㈣かなちゃん、㈤待ちぼうけの人生、㈥春になれば……、㈦三人の娘、㈧泡盛ボックワ、㈨喜界島のさくら、㈩ハジィチ哀しや――連載しました。また、これらの作品は、地元紙「南海日日新聞」にも八十四回（平成十九年二月六日～五月十九日）にわたって連載されました。

五月十九日付けの南海日日新聞の「『小さな島の小さな物語』連載を終えて」――の中で、安達征一郎は「『小さな島の小さな物語』という題は謙譲語ないし反語だと思っていただきたい。……せめてこの小説が忘れえぬ人々への鎮魂になればと祈っている。」と語っています。が、戦争の気配が忍び寄る時代という時間と小さな喜界島という空間の交差点で展開された人間模様・人生への讃歌と喜界島への限りない愛着でもあると思います。

この物語は二〇〇九年五月に他の作品と共に、文芸評論家川村湊編・解説で『憎しみの海・怨の儀式——安達征一郎南島小説集』（インパクト出版会）として出版されました。この物語の「はじめに」で、安達征一郎は「さらに僕が喜界島に感謝しなければならないことは、赤連海岸通りの生活が、僕に小説家への道を進めてくれたことです。真珠は『核』を太らせてあの美しい玉を造りますが、安達征一郎という作家の『魂』は、この狭いエリアの中で生まれたと、確信しています。『小さな島の小さな物語』は、その喜界島に対する、おこがましい言い方で恐縮ですが、恩返しの意味で書いています。この作品を読んで喜界島に興味を持ち、喜界島を愛して下さる方が一人でも多くふえてくれることを願っている次第です。」と述べています。

同書の中で川村湊は、安達征一郎の一連の作品を「南島文学」と称し、原始的色彩に満ちた作品群を基に、今村昌平監督は話題作「神々の深き欲望」（昭和四十三年、日活）を制作したと書いています（余談ですが、映画人・著名人一〇〇〇人のアンケートによる『日本映画ベスト二〇〇』（角川文庫、平成二年）では、「ビルマの竪琴」と並んで九十五位に、今村監督は六位にランクされています。著名な映画評論家・佐藤忠男氏はこの映画を「東京物語」（一位）に次いで二位に挙げています。参考までに紹介しますと、ベスト二〇〇の一位は黒澤明監督の「七人の侍」、二位「生きる」（黒澤明監督）、三位「また逢う日まで」（今井正監督）、四位「東京物語」（小津安二郎監督）、五位「羅生門」（黒澤明監督）……と続きます）。

安達征一郎は二〇〇六（平成十八）年十月、六十五年振りに喜界島を訪れ、喜界町図書館で講演を行い、滞在中に喜界島見物を楽しみ、同窓生たちと旧交を温めました。その折りに、北島公一氏（喜界町佐手久）は『小さな島の小さな物語』に論評を加えた冊子を喜界町図書館と共同で作成・配布しました。また、同氏による「安達征一郎喜界島随行記」もインターネットで公開されています。喜界町図書館には安達征一郎作品が二十六冊所蔵されています（図書館だより・平成二十三年三月号）。

•《文学散歩⑳》～竜舌蘭秘話～（前半省略）

鎌倉河岸捕り物控シリーズ等で、一三〇〇万部以上も売れている時代小説家の佐伯泰英が熱海に別荘を求めたのは、二〇〇三年秋のことです（岩波書店の月刊誌「図書」に連載中の「惜櫟荘だより」二〇一〇年五月号より）。石畳が敷かれた急な勾配の斜面の道を上った高台に建つ別荘――その近くに、広辞苑、哲学書、岩波文庫等で有名な岩波書店の創業者・岩波茂雄が建てた別荘（岩波別荘、別名「惜櫟荘」。庭にある老いた櫟《くぬぎ》をどうしても残したいとの思いに由来）があった。別荘に、「志賀直哉先生お手植え」と伝わる竜舌蘭があった。別荘は著名な建築家・吉田五十八の設計で、戦時中にもかかわらず、岩波茂雄は手を尽くして最高の木材や石材を入手し、吉田五十八は京都から大工・左官・石工等を連れてきて、一九四一年に完成させた。……しかし、別荘は七十年の風雪によって痛みつけられ、売りに出されることになった。この名高い別荘が開発業者の手に渡って解体され、マンション等が建つことを危惧した佐伯泰英は、私財を投げ打って別荘を買い取り修復する決心をした。……何を感じ取ったのか、滅多に花を咲かせないという文豪お手植えの竜舌蘭が花を咲かせて、枯れていった（別荘は全面的に修復され、先日、披露された。――平成二十三年十月十七日付け毎日新聞「余録」より）。

前述の「広報きかい」では、「八～九月　島に咲く花、英名はcentury plant（百年植物）と言われるが、実際には芽が出て約三十年後に一度だけ花を付ける。花ことば『繊細』『気高き貴婦人』」とあります。また、安達征一郎『怨の儀式』に収められている喜界島と思しき島を背景として描かれた作品「種族の歌」では、「島の人たちは二十年に一度花の咲く木という意味で二十年草と呼んでいた。」と記述されています。

葉の先端と両横の棘の荒々しさとは裏腹に、「竜の舌」に由来する和名、数十年に一度だけ花を咲かせて枯れる植物、繊細で気高い白い花――竜舌蘭は、「ロマンに満ちた気高い花」とも言えそうです（図書館だより・平成二十四年十二月号）。

•《文学散歩㉛》～安達征一郎文学碑（作家魂誕生の地＝赤連海岸通り）～

赤連海岸通りに建つ安達征一郎文学碑には、「僕は赤連海岸通りで　多感な少年時代を過ごした　この無限の拡がりと　深みを持った小宇宙で　僕の作家の『魂』は生まれた　安達征一郎」と刻まれています。

安達征一郎（本名・森永勝己。一九二六～、埼玉県所沢市在住）については、《文学散歩②》（第一六八号、平成二十二年六月二十一日発行）で紹介しましたが、昭和四十八（一九七三）年『怨の儀式』、昭和五十五（一九八〇）年『日出づる海　日沈む海』で二回直木賞候補となった作家です。

生まれは東京ですが、実家は瀬戸内町古仁屋で、昭和七年から十六年までの少年時代（六歳～十五歳）を赤連で過ごし、湾尋常高等小学校（現・喜界小学校）を卒業しました。

平成十八（二〇〇六）年十月二十一日（土）、喜界町中央公民館ホールで開催された第六回大島地区「ふれあい読書フェスタ」には講師として来島され、「奄美（南西諸島）の感性とヤマトの感性の衝突」と題して講演を行いました。喜界町図書館には「安達征一郎コーナー」もあり、本人からの寄贈本を含めて蔵書が二十六冊、児童図書「少年探偵ハヤトとケン」シリーズ（偕成社）も入っています。最新刊は『小さな島の小さな物語』インパクト出版会、二〇一二年九月。

このような経緯から、喜界島に安達征一郎の文学碑を建立しようという話が持ち上がっていましたが、平成二十二年六月に湾尋常高等小学校の同級生・西島昭雄氏を委員長にして、安達征一郎文学碑建立委員会が結成され、町内はもちろんのこと、広く全国の関係者等に募金を呼びかけました。そして、平成二十二年十一月二十八日（日）にめでたく除幕式・祝賀会を挙行。除幕式には本人、町内外から縁の人々が出席して赤連集落あげての大祝賀会が開催されました（図書館だより・平成二十四年十一月号）。

＊

図書館だよりに記事を書いて町民（児童・生徒も強く意識して）に広く紹介するために、その多くは私自身の興味・関心に根を発しているのだが、安達文学の代表作や喜界島・奄美に関連する事柄を描いた作品を中心に作品研究を進めていった。安達征一郎及び作品については、《文学散歩》の中で私の感想・寸評等を書いてあるので、ここではその他の作品のことについて述べたい（積山泰夫「安達征一郎研究ノート」より）。

・《少年探偵ハヤトとケン》シリーズ（全十巻）偕成社、一九八八年～二〇〇六年

このシリーズは、幼なじみの小学六年生ハヤト（秋丸隼人）とケン（早野健二）が様々な殺人事件を解決する物語である。本のタイトルが英語でも書いてあり、それがエドガー・アラン・ポーとその作品を連想させる。このシリーズの中では、私は第一巻の『流人等の悪魔』（Evil in The Island 'Hachijo'）に特に興味を覚えた。

作品の舞台は八丈島だが、釣り（磯での小物づりやトローリング）、奄美の海、植物等がリアルに描かれている。作者の自然、海、魚、動物等の生態を捉える確かな目と的確な描写力には感服させられる。また、自然に対する畏敬の念が強く感じさせられる。

・《てまひま船長》シリーズ（全三巻）偕成社、一九八三年～一九八四年

この作品の主人公は、作者の出身地・瀬戸内町の古仁屋小学校の五年生森田正一である。海・船・島が好きの少年が、宝さがし、肝だめし等に出かける。舞台はフィクションであるが、奄美の海、自然、魚・動物の生態等が愛情をもって綿密に描かれている。

・《私本　西郷隆盛と千代香》シリーズ（全四巻）海風社、一九九八年～二〇〇二年

このシリーズは、沖永良部島編、薩長同盟編、鳥羽伏見の戦さ編、江戸無血開城編の四編からなる。幕末から明治にかけての西郷隆盛の人生を縦糸に、それを取り巻く千代香をはじめとする

人々の行動を横糸として見事な歴史の文様が織りなされている。

文久二（一八六二）年六月、西郷隆盛は奄美・徳之島に遠島になり、八月には沖永良部島に遠島になる。赦免になって帰藩するまで一年余り牢生活を強いられる。千代香は薩摩入国後に捕縛され、沖永良部島に遠島になった幕府の隠密と島の女性の間に生まれた娘である。「沖永良部島編」で、祖父と千代香が祖父の妹の法事で喜界島に行く。千代香が喜界島に遠島になっている村田新八に西郷から託された書状を渡したり、村田新八と百之台に登り、そこで新八が勤皇の志士・平野国臣の有名な歌「わが胸の燃ゆる思いにくらぶれば煙はうすし桜島山」を朗詠する場面等は興味深い。

私は平成二十三年十二月中旬に和泊町を訪れた際に、西郷隆盛の牢屋・居住跡、南洲記念館を訪れたり、えらぶ郷土研究会の会員から色々な話を聞いたりした。また、平成二十五年十一月中旬には、和泊町にある南洲神社や島の北西部・伊延にある「西郷隆盛上陸地」の碑を訪ねたりして、この作品の背景を探った。

安達征一郎文学碑が建立されてから三年になるが、十一月二十八日には仲間で「安達文学を語る会」を開催して交流を図っている。このように振り返ってみると、安達文学は私にとって文学・郷土研究、仕事、生活の一部であると言っても過言ではないと思う。さらに継続して安達文学の研究を深め、仲間や研究者等と交流を図りながら、その光・情報を喜界島から発信していきたい（平成二十五年十二月）。

（喜界町教育長）

湾尋常高等小学校の思い出

青野悦子

「安達征一郎」と云うペンネームは私にはピンと来ないのです。森永勝己さんは湾尋常高等小学校の高等科一年で同級になりました。当時湾校は一年生から三年生迄は男女同級で、四年以上は凡て男生徒・女生徒と別々の級に分けられていました。六年女子組の時、突然受持ちの盛先生と云う女先生が台湾の学校に行かれることになり、五年の時の担任であった先生は六年も持ち上がりと聞いて居ましたのに、私達の前から姿を消すことになりました。私達の落胆は大変なものでした。

そして赴任して来られた春山先生は奄美中学（現在は高校）を卒業されたばかりの当時「代用教員」と呼ばれていた先生でした。

時は昭和十四年。支那事変と称した「戦争」が始まっていました。その時男性は二十才になると徴兵検査があり軍隊に入隊する義務があり教員不足の時代だった事は後になって分る事でした。春山先生は不順れな上に、あまりにも気弱な先生で「前の先生はどの様にして教えていましたか?」と私の傍に来て聞かれるのです。それがあまりに度々の事なので生徒達の信頼はなく散々でした。

私は校長室に呼ばれ「級長がしっかりしなければいけない」とお叱かりを受けました。私は自習時間等に机と机の間を歩き乍ら国語の本を読んだりしたのを覚えて居り、今考えても冷や汗をかく想いです。隣りの六年女子組の林先生が時々来て教えて下さいましたが林先生は痔が悪いとの事で椅子に座った授業で、たまにしか来られませんでした。

やがて春山先生は学校を退められ勉強をやり直して師範の二部に入学されたとの事、私と親友の吉富ひろ子さんが下宿している鹿児島で尋ねて来られて「済まなかった」と深々と頭を下げられたので二人は恐縮して、深くお詫びした事でした。先生は師範学校を卒業後、徳島に赴任された時に、喜界での事を反省してよく話したものだと畳に手をついて頭を下げて下さったので、私達もみんなで集まった時、申し訳なかったと反省して居りますと二人で頭を下げた事でした。あれから三学期となり、秋田先生と云われる中年の女先生がこられ、やっと落ち着いた勉強が出来たのでした。そして高等科一年で男女組に組み入れられたのです。

当時の人数のせいで男子一組、女子一組、男女組が一組と分けられた様ですが、私を始め、お転婆ぶりが目立った六年の同級の彼女達で、男子はおとなしい生徒が多いとの風評、森永さんもその中に居た様です。そして彼は級長となり、私は副級長にと任命を受けた様でした。

森永さんは当時から背が高くスラッとして格好よかった様に記憶して居ますが、当時は男女が話す事は必要以外にはなかった様です。その頃私の家は「湾」で「赤連」と向き合って商店の多い当時では賑やかな所でした。近所に子供達も多く、「ウドンのハナ」と呼ばれている小高い丘で夏休みに「ラヂオ体操」が行われたと記憶しています。その近くの砂浜では朝から友達と泳ぎに行き、背泳ぎや犬かきなど気楽に遊んだもので唇が紫色になる迄時間がたつのも忘れて、母に「もっと早く帰んなさい‼」と叱られたものでした。

桟橋は丁度飛び込みにいい高さにあって、満ち潮になると競って飛び込んだのですが、中尾商店のタツ江さんが仲々飛び込まないので、みんなに「早く早く‼」とせかされてあまり深くない時に膝を怪我して、あわてて家迄みんなで送った事等、沖縄で結婚して今は亡きタツ江さんをしのんで思い出すのです。当時子供達は多く、毎日小遣いを一銭貰っては三角屋に走り、おはじきや駄菓子等を買い、ゴムでつないだゴム飛びなどして遊んだものでした。

低学年の頃は私も母に一銭を貰った後で父の居る店に行って今日はあれを買いたいと別にねだったものでした。父は片目に虫目鏡の様なものを入れ込んで時計の修理をしていたのが目に浮びます。店には看板時計と称して大きな時計がチクタクと振り子が動いていました。父は時計の他にも印鑑を彫り、目鏡も扱っていました。時計も少しの事なら無料で「今日はいいですよ」と気前のいい所を見せていました。バス停がすぐ近くにあってか、お客は多かったように記憶しています。

友達の酒井さんの家は銭湯で、蓮子《はすこ》さん、蓮香《はすか》さんは遊び仲間なので、空いている時間や、休みの日等、その板の間でおはじきをして遊んだものでした。近くの雑貨店には鹿児島から来た夫婦でしたが奥さんは美人で子供はなく私とも仲良くふざけて明るい人でした。うちの母は肥っていたので乾いた服の洗濯物をとりこんで頭からかぶり「バアー」と家迄届けて来ては母と笑い合っていたのを思い出します。

バス通りの道の方には万年堂と云う大きな文房具屋があり、当時、文ちゃんと云う可愛いい女の子も小さい友達でした。又すぐ隣りに撰隆恵《えらぶたかえ》さん親子が居られ終戦後、役場に勤めて居られ随分久し振りにお会いしたが、彼の家には青年会の男女が来て百人一首で毎晩賑わったものです。私も好きで御一緒させて頂きお蔭で鹿児島の女学校時代国語の時間に先生に褒められ随分楽しい想いをさせて頂いたものです。

さて、長い戦争も敗戦乍らどうにか終り、我が喜界島にも広島の部隊が上陸して沖縄の様に烈しくはなかった様ですが、色々と大変だった様にききました。私は鹿児島の女学校の専攻科を卒業後すぐに挺身隊に志願し両親がしぶるのを手紙で説得し長崎の三菱兵器重工業に派遣されました。その上、アメリカのB29に落とされた原爆で負傷する等、戦争の恐ろしさは何処に居ても避けられない大変な出来事で辛い悲しい出来事でした

その時代を乗り越えた私達は、喜界の同窓生の有志の方々の御努力のお蔭で昔懐かしの同窓会をするとの連絡を受け鹿児島で集りました。それ〳〵永年の人世の苦労、それにもまして、戦争をのりこえて来た私達は涙なくしては話せない同窓生の集りでしたが、指宿の温泉に行く途中貸

切りバスに乗り込んだ私達は、あれは誰？あの方は？と後姿を見たら話し合っていました。その時、随分垢抜けした紳士の後姿に「あの方、誰方？」と隣席の友にきいたのが森永さんだったのです。「え!!」私は驚いて友人に聞く所に依ると、作家として随分活躍されている事を始めて知ったのです。私達は昔から男性とはあまり話した事がないので指宿温泉で一泊して鹿児島の城山旅館に着き、御馳走を口にし乍らも女友達とばかり話していました。やがて懐しい蛇味線のつまびきが始まり男の同窓生の様で大変お上手で嬉しくなりました。

その島唄は久し振りでうっとりしている間に蛇味の音はいつしか「カチャーシャー」に変わり、あちこちから立ち上って踊り始めたのです。私もつられて踊り乍ら森永さんの姿を見つけて誘いに行ったのでした。断られるかな？　と思った私は傍に行って「踊りましょうよ」と手を引っ張った。彼は意外にもすぐ立ち上り踊り始めたのです。同窓生もこれには驚きみんなで拍手したのでした。

この事で座は盛り上り、その後酔いがさめても話す様になりました。その後は沢山の彼の作品に出逢う事になった次第で、島の出身者芳本征雄氏を中心に編集されてある「がじゅまる」にも森永さんのおすすめにより私も出させて頂く様になった次第です。その後森永さんは奥さんの実家のある宮崎に引っ越される事になった様です。

その頃私は若松支部被爆者会の副支部長をして居り宮崎で会合があって、お逢いする機会がありました。会が終って若松に帰る僅かな時間でしたが、宮崎駅で食事を御馳走になり見送って頂いたのです。又、以前に千葉の親友と東京で逢う約束をして居り、丁度いい機会でしたので渋谷の忠犬ハチ公の銅像の前で待ち合わせて友人と三人で「トンカツ」を御馳走になった事があり、親友の美佐ちゃんはその時の話しを懐しそうにしてくれます。

その後、皆様方沢山の有志の方々の御骨折りで喜界での文学碑の建立が実現した様で、私は喜界迄行く事は出来ませずささやかな献金のみで失礼させて頂きましたが、此の事は喜界にとっても大変に名誉な事で森永さんも喜ばしい事と心よりお慶びして居ります。その後森永さんには大変不幸な出来事で永年勝己さんを支え、永年連れ添って来られた奥様に先立たれた由、私は一度もお目にかかった事はありませんでしたが、奥様のお話しはよくお聞きして居りましたし「がじゅまる」の本で御写真を拝見し、そのおだやかな表情からしても優しかった御人柄がしのばれて、勝己さんの「大泣きした」との御電話に貰い泣きをした事でした。

想えば森永さんは作家として大変御努力なさったのでしょう。直木賞に何度かノミネートされたと云う事は大変素晴らしい事と思います。彼の作品『憎しみの海・怨の儀式』『南島小説集』等々数え切れない程沢山の青年・少女向けの本も出版された様で心より尊敬して居ります。図書館に寄附されるとのお話でしたので私もあるだけの買い求めていた本を送りました。少しでもお役に立てば後々の方達に読んで頂きたいと思います。又此の度は喜界の後援者の方々の御尽力で御本が出版されるとの事、つたない私の文迄もお誘いがありましたのでここに書かせて頂きました。

(湾尋常高等小学校同級生　旧姓坂元)

■安達征一郎略年譜

一九二六年（大正十五年）
七月二十日　父森永直徳、母マスの次男として東京都荏原郡平塚町に生まれる。本名勝己。本籍地は鹿児島県大島郡瀬戸内町古仁屋七五五番地。実家は同地で森永商店を経営し、現在まで続いている。

一九三二年（昭和七年）六歳
日本の不景気のため、両親とともに奄美大島に帰り、母の出身地の住用村戸玉に仮移住する。

一九三三年（昭和八年）七歳
両親の喜界島移住によって、赤連集落に住み、地元の湾尋常高等小学校に入学。近くの糸満漁師たちと親しく交わり、海や魚とりの話を聞く。赤連での漁師たちとの交流がのちに『日出づる海 日沈む海』『祭りの海』『小さな島の小さな物語』に結集する。

一九四一年（昭和十六年）十五歳
湾尋常小学校を卒業。汽船で神戸回りで上京。世田谷区の伯父の家に寄宿し、出稼ぎ中の父と暮らし、転入試験を受けて巣鴨商業に入学。大学受験を目指し神田の物理学校、正則英語学校で学ぶ。この頃より、現代作家の小説を耽読。

一九四五年（昭和二十年）十九歳
敗戦を東京で迎える。作家修行を志し、大学受験を諦め、関西、四国、九州等を二年ほど放浪し、小説の習作を続ける。生活費は闇商売などで得る。
一九四七年（昭和二十二年）二十一歳
奄美大島に帰る。二、三仕事に就くが長続きせず、本土行の機会を窺う。
一九四八年（昭和二十三年）二十二歳
米軍占領下の奄美から、宮崎県油津へ密航する。暫く土木作業員、闇商売の手伝い等をしながら小説を書く。短編が県立図書館長で作家の中村地平の目にとまる。宮崎日日新聞社に入社。「高部鉄雄」の筆名で小説を書く傍ら、同人誌「竜舌蘭」の再刊に尽力。神戸雄一、黒木清次、大野邦夫、地村知里子、金子光晴を知る。
一九五二年（昭和二十七年）二十六歳
一月、「憎しみの海」を「竜舌蘭」三号に発表。これが東京の作家木山捷平等数氏の認めるところとなり、上京を決意。
一九五四年（昭和二十九年）二十八歳
一月、医師の松崎七美夫妻の仲立ちで地村知里子と式なしの結婚式を行う。八月、「高部鉄雄」の名で「太陽狂想」を「群像」（八月号）に発表。
一九五五年（昭和三十年）二十九歳

奄美出身のロシア文学者昇曙夢を訪ね、「太陽狂想」の批評を仰ぐ。

一九五六年（昭和三十一年）三十歳

山之口貘と佐藤春夫を訪問し、作品の閲読を仰ぐ。以後数回、佐藤宅を訪問。

一九六〇年（昭和三十五年）

五月、戯曲「見込み違い」を「裂果」四号に発表。吉村まさとしとの交友が始まる。この頃より、生活を支えてきた妻知里子の結核悪化し、入院。治療費を得るために会社を作る。創作に行き詰まり、昭和四十一年まで断筆。

一九六七年（昭和四十二年）四十一歳

四月、名古屋の妹嘉納美代子を頼って春日井市に移住。創作活動再開。

一九六九年（昭和四十四年）四十三歳

三月、第一創作集『太陽狂想・花蜜の村』を東海大学出版部より出版。

一九七二年（昭和四十七年）四十六歳

丹羽文雄主宰の「文学者」に入る。丹羽文雄、中村八朗、新田次郎、吉村明、加藤秀、成ヶ沢宏之進を知る。

一九七三年（昭和四十八年）四十七歳

八月、「怨の儀式」を「文学者」八月号に発表。第七十一回直木賞候補となる。秋、当時法政大学生だった川村湊と桂木明徳が、青山の青苑荘を訪ねる。

一九七四年（昭和四十九年）四十八歳
十二月、『怨の儀式　安達征一郎作品集』を三交社より出版。作井満、佐々木国広と知る。この年奄美に帰り、藤井令一、進一男と会う。
一九八〇年（昭和五十五年）五十四歳
九月、『日出づる海　日沈む海』を光風社より出版、第八十回直木賞候補となる。
一九八三年（昭和五十八年）五十七歳
九月、『てまひま船長の宝さがし』を偕成社より出版。以下シリーズ化、全三作
一九八六年（昭和六十一年）六十歳
十一月、「月刊南島」（海風社発行）一四五号が「特集・海洋文学・安達征一郎の人と文学1」を組む（「1」のみ発行）。
一九八八年（昭和六十三年）六十二歳
十一月、『少年探偵ハヤトとケン1』を偕成社より出版。以下シリーズ化　全十作
一九九五年（平成七年）六十九歳
四月、「榕樹（がじゅまる）」に「小さな島の小さな物語」（全十話）の連載始まる。第一回「赤連海岸通り」掲載。
二〇〇七年（平成十九年）八十一歳
三月、「榕樹（がじゅまる）」に「ハジィチ哀しや」掲載。この作品で「小さな島の小さな物

語」（全十話）完結。

二〇〇九年（平成21年）八十三歳

二月、妻知里子死去。五月、『安達征一郎南島小説集　憎しみ海・怨の儀式』（川村湊編・解説）をインパクト出版より出版。

二〇一〇年（平成二十二年）八十四歳

十一月二十八日、少年期を過ごした赤連海岸通りに「安達征一郎文学碑」が建立され、その除幕式に宮崎より出席する。文学碑建立委員会のメンバーは、委員長西島昭雄（湾尋常高等小学校同級生）、副委員長平田三郎（湾尋常高等小学校同級生）、事務局北島公一、積山泰夫、得本拓。除幕式で松下博文を知る。

二〇一二年（平成二十四年）八十六歳

九月、『小さな島の小さな物語』をインパクト出版会より出版。表紙絵石田里沙。

（作成：松下博文）

＊「安達征一郎年譜」（『安達征一郎南島小説集　憎しみの海・怨の儀式』）参照

◆著書

『太陽狂想・花蜜の村』東海大学出版部　一九六九年三月

『怨の儀式　安達征一郎作品集』三交社　一九七四年十二月

『島を愛した男』三交社　一九七五年五月
『日出づる海 日沈む海』光風社　一九八〇年九月
『祭りの海』海風社　一九八二年八月
『てまひま船長の宝探し』偕成社　一九八三年九月　以下シリーズ化、全三作
『祭りの海〈前・後編〉』海風社　一九八七年一月
『少年探偵ハヤトとケン1』偕成社　一九八八年十一月　以下シリーズ化　全十作
『私本 西郷隆盛と千代香』海風社　一九九八年十月　全四巻
『安達征一郎南島小説集 憎しみの海・怨の儀式』(川村湊編)インパクト出版会　二〇〇九年五月
『小さな島の小さな物語』インパクト出版会　二〇一二年九月

あとがき

安達征一郎先生にはじめてお会いしたのは平成二十二年十一月の文学碑除幕式の折である。先生は鹿児島空港経由で北島公一さんとご一緒に喜界島空港に降り立った。降り立つ前に奇しくも機上で御挨拶することになった。

除幕式は快晴であった。式典は安達文学の母胎となった赤連海岸通りで行われた。その後、会場を近くの幸陽苑に移して祝賀会がはじまった。喜界島民謡保存会の六調、赤連婦人会有志による八月踊りが披露され、島の深いふところに入った気持ちになった。

やがて記念祝賀会の雰囲気をそのまま大学で実施する方法はないかと考えはじめた。喜界島のすばらしい郷土芸能と安達文学を多くの学生に感じてもらいたい、そう思いはじめた。思いついたら実行あるのみ。――所属する日本語・日本文学科にかけあって次年度新入生のための公開講義という名目で予算をつけてもらうことにした。講義タイトルは「安達征一郎文学と喜界島八月踊り」。実施は七月九日（土曜日）に決定した。しかし、その年の六月、先生が怪我をされ講義はご無理だという知らせが入った。当日は、第一部「安達征一郎文学の世界―小説の原風景を辿る・赤連海岸通り」と題し、北島さんに文学碑建立式典の風景をＤＶＤに収めた映像とともに解説していただいた。第二部は「郷土芸能―喜界島民謡保存会／喜界島志戸桶十五夜会―島唄・八月踊り・六調」と題して、喜界町文化協会会長の外内千里さんに御挨拶いただき、志戸桶十五夜会会長の伊牟田正子さんと喜界島民謡保存会の町田日出男さんの解説を交えてプログラムは進行していった。一部と二部あわせて九十分。最後は喜界島からこられた総勢二十四名の方々と教員と学生、入り乱れて「六調」の乱舞になった。先生がいないのがさびしかった。

ここに収録した十名の学生の論考はそのときの新入生が三年生になり、私の演習を受講し、作品を割り当てられ、それぞれの視点からまとめあげた論考である。彼女たちは喜界島がどこにあるか知らなかった。ましてや喜界島に行ったこともない。しかし調べて行くうちにさまざまな情報を得たようだ。その結果がこうした論集になった。二十歳に書いた文章――論考としては未熟でもその感性はみずみずしい。彼女たちもこの三月には卒業する。いつまでもあの日の公開講義のことを忘れないでほしい。そしていつの日か喜界島を訪ねてほしいと思う。

北島公一さん、得本拓さん、積山泰夫さん、青野悦子さん、御寄稿いただき、ありがとうございました。みなさまがたの丁寧な文章によって赤連海岸通りがいっそう身近なものになりました。そしてこの本を心待ちにしておられた安達先生、いろいろとご心配をおかけしましたが、お約束通り、どうにか先生の卒寿に間に合わせることができました。

最後になりましたが、「学術出版助成」として本書の刊行に御助力いただいた勤務校の筑紫女

・『戦争と軍隊』（岩波書店）一九九九年八月
・榮喜久元『蘇鉄のすべて』（南方新社）二〇〇三年一一月
・三田牧「糸満漁師、海を読む─生活の文脈における「人々の知識」─」（『民族學研究』68巻4号）二〇〇四年三月
・瀧本弘之編著『中国歴史人物大図典〈歴史・文学編〉』（遊子館）二〇〇四年五月
・金城厚『沖縄音楽入門』（音楽之友社）二〇〇六年七月
・『学校名変遷総覧　大学・高校編』（日外アソシエーツ）二〇〇六年一一月
・渡邊欣雄他編『沖縄民族辞典』（吉川弘文館）二〇〇八年七月
・広井多鶴子・小玉亮子監修『文献選集現代の親子問題　第Ⅱ期「問題とされる親と子」人身売買─売られゆく子供達
第15巻』（日本図書センター）二〇〇九年六月
・『安達征一郎南島小説集　憎しみ海・怨の儀式』（川村湊編　インパクト出版）二〇〇九年二月
・早瀬晋三『世界史リブレット　未完のフィリピン革命と植民地化』（山川出版社）二〇〇九年二月
・鳥海靖編『歴代内閣首相事典』（吉川弘文館）二〇〇九年一二月
・加藤久子『海の狩人─糸満ウミンチュの歴史と生活史』（現代所館）二〇一二年三月
・竹田晃『四字熟語・成句辞典』（講談社）二〇一二年三月
・喜界島総合情報サイト【喜界島ナビ】http://kikaijimanavi.com/
・【鹿児島県喜界町】ようこそ喜界町へ http://www.town.kikai.lg.jp/kikai01/default.asp
・日本野鳥の会　http://www.wbsj.org/
・デジタル図鑑　http://www.digital-dictionary.net/index.html
・コトバンク　http://kotobank.jp/
・横須賀市　http://www.city.yokosuka.kanagawa.jp/index.html
・Google　マップ　https://maps.google.co.jp/
・鹿児島県喜界島の気候http://weather.time-j.net/Climate/Chart/kikaijima・日本の桜
・開花の仕組み　http://www7b.biglobe.ne.jp/~cerasus/nishikaika.html
・本場奄美大島紬協同組合　http://oshimatsumugi.com/

〔編者略歴〕

松下博文（まつした・ひろふみ）
一九五六年種子島生まれ。琉球大学教育学部卒。九州大学大学院文学研究科博士後期課程〈国語学・国文学専攻〉修了。筑紫女学園大学文学部教授。主要論文「火野葦平と琉球」「許南麒の朝鮮・山之口貘の沖縄」「トカラ列島のトポロジー――安達征一郎『祭りの海』序論」「沖縄戦と〈きれいな標準語〉――目取真俊「水滴」への視角」『座談会昭和文学史〈第五巻〉』（井上ひさし・小森陽一編著・集英社）。現在『新編 山之口貘全集』（全四巻・思潮社）編集中。

安達征一郎『小さな島の小さな物語』の世界
――喜界島の文学と風土

二〇一五年三月二十四日発行

編著者　松下博文《まつしたひろふみ》
発行者　小野静男
発行所　株式会社 弦書房
〒810-0041
福岡市中央区大名二―二―四三―
ELK大名ビル三〇一
電　話　〇九二・七二六・九八八五
FAX　〇九二・七二六・九八八六

印刷・製本　シナノ書籍印刷株式会社

落丁・乱丁の本はお取り替えします。

ISBN978-4-86329-115-7 C0095